俳句はかく解しかく味わう

高浜虚子

角川文庫
16989

目次

黒柳　召波

高井　几董

葭簀して囲ふ流れや冷し瓜　143
鴨の子を盥に飼ふや銭葵　144
稲刈りてにぶくなりたる螽かな　144
野分待つ萩の景色や花遅き　145
煤掃の埃しづまる葉蘭かな　146

内藤　鳴雪

鉢に咲く梅一尺の老木かな　51

河東碧梧桐

赤い椿白い椿と落ちにけり　62

赤木　格堂

枕元にたゝまぬ春の晴衣かな　50
出代の今や来るかと飯時分　57
五月雨や晴るゝと思ふ朝の内　95

松瀬　青々

出代のおのが膳拭くなごりかな　57
地震つて春の沢水溢れけり　78

佐藤　紅緑

川越しの小兵に負はれ五月雨　95

島田　吾空

出代や父が年貢のとゞこほり　59

安藤橡面坊

ぽつたりと椿落ちけり水の紋　64

折井　愚哉

秋風の鬛も無き別かな　101

俳諧の歴史というものは厳密にいえばほとんどまだ調べがついていないというてよい。芭蕉とか蕪村とかいう主な二、三の俳人については相当の研究をした人もあるけれども、俳句全体の歴史を文学史的に研究した人はまだ一人もないといって差し支えないのである。しかして世間で普通に説いている俳諧史はきわめて簡略な決まりきった説話に過ぎん。今一層大胆に引っくるめて言えば、徳川初期から今日に至るまで、多少の盛衰もあり多少の変化もあるにしたところで、要するに俳句はすなわち芭蕉の文学であるといって差し支えない事と考える。すなわち松尾芭蕉なる者が出て、従来の俳句に一革命を企てた以来二百余年に渉《わた》る今日まで、数限りなく輩出するところの多くの俳人は、大概芭蕉のやった仕事を祖述しているに過ぎん。そこで今俳句を解釈するに当たっても、元禄の俳句はこういう風に解釈せねばならぬが、天明の俳句はそれと全く違うてこういう風に解釈しなければならぬとか、今日の俳句はこういう風に解釈しなければならぬというような、そんな複雑した変化のあるものではなくって、若干の俳句を抜き出して来て、一応それを解釈する事が出来るようになった以上は、大概の俳句はそれに準じてさほど困難を感ぜずに解釈の出来るものである。ただその中に読み込まれている材料の解釈がむつかしいがために、解釈が出来ぬというような場合は論外であるが、俳句なるある特別の一つの詩形を解釈するだけの事は、若干句の解釈によってたやすく領得せらるる事と考える。そこで私はほとんど時代なんかに頓着なしに数十句の解釈を試みて、諸君の俳句に対する解釈力というようなものを養うという事にしようと思う。

な折りそと折りてくれけり園の梅　太祇《たいぎ》

春先になって、ある人の庭に梅の花の咲いているのを見て、あそこにいい梅の花が咲いている、あの枝が一本欲しいものだと思うて、それをその家の人に断《ことわ》りもしないで折ろうとしていると、意外にもそこにその家の主人がいて、その梅を折ってはいけない、と叱りながらも、そんなに欲しいのならば上げようといって、かえってその主人が手ずから梅の枝を折ってその人に呉れたというのである。同じ物を盗むのでありながらも、いわゆる風流泥坊で、その盗む物が花卉《かき》の中でもことに清高な姿をして芳香を持った梅の花である事が、一種の面白味を持っている。またその梅を折る人も物を盗むは悪い事と知りながらそれを金に代えようというわけでもなく、多寡《たか》が梅の花一枝位だから折ってやれと、ひそかに折り取ろうとしていると、思い懸けなくもそこに主人の声がして梅の花を折ってはいかんととがめられたので、びっくりして手を止めたのであるが、そこの主人もまた、それをとがめたばかりで無下《むげ》に追い払うのも、それを折る人の心持ちを十分に解釈することの出来ぬものとして、どこかに自分自身不満足を感ずるので、そんなに黙って折るのはいけないが、欲しいのなら上げようと言って、かえって手ずからその枝を無造作に折ってその男にやったのである。かくしてその盗もうとした人も、それをとがめた人も、梅花そのものを通じて互にその心持ちを領解し合うところに、この小葛藤の大団円はあるのである。

親鶏《おやどり》のひよこ遊ばす葵《あおい》かな　成美《せいび》

庭先に葵がついついと立っていて、その青い葉の頂きの方に赤い花が咲いている。夏といってもまだそうむやみに暑くならない頃で、むしろすがすがしい心よさを感ずるぐらいの時候であって、その葵の近所には赤い鶏冠《とさか》を持っている親鶏が、黄を帯びた小さなひよこを連れて餌を探しながら歩いている。葵の幹の曲りくねったところもなしについついつい立っている形や、強味のある葉や、堅いような花やが初夏の心持ちにふさわしいと同じように、雛《ひな》を孵《かえ》して間もない親鶏が満足気にその雛を引き連れて歩いている様子からその親鶏の大きく丸い形や雛どもの小さく丸い形やまでが、やはり初夏らしい心持ちを持っている。その上色の配合の点からも葵の葉の青いのに、花は赤く、親鶏の鶏冠は一層赤く、雛は黄いというところにあまり色の混雑がなくなってしかも色彩の配合の面白味がある。それがまた初夏の心持ちを十分によく現している。今一層はっきりした印象を描き出して見るならば、その葵も親鶏も雛もそれぞれくっきりとした影を地上に落としているような心持ちもする。この種類の句は絵画と同じような力をもって人に迫るのである。

新《しん》蕎《そ》麦《ば》や長《おさ》田《だ》が宵の馳走ぶり　合瓜

この長田は長田の荘司《しょうじ》の事で、例の源の義朝を泊めて置きながらこれを暗殺して平家の方に党した等の事蹟に基いて作ったもので、長田が義朝を家に泊めて置いたのは節季から正月にかけての事であったのだから、それにすると新蕎麦というのは事実に合わぬけれども、俳句には往々にして事実には頓着なしに趣の方から趣向を立てる事が多いからこの句もやはりその一例と見るべきものである。いよいよ今夜か明日は義朝をたばかって弑《しい》してやろうという前の晩に、折節《おりふし》出来た新しい蕎麦粉を打って、新蕎麦が出来たから一つ召上らぬかと他意もなげにそれを勧《すす》めて、心から義朝を歓待《かんたい》するように見せかけたというのである。なまじい際立《きわだ》った御馳走などをしては、どうもいつもと違うた御馳走を今夜に限ってするのは、少し変だなと万事に警戒している落《お》武者《むしゃ》の事であるから、たちまち気取《けど》られることもないとはいえんのであるが、同じ馳走をするのにも、新蕎麦を打ったからというて蕎麦を勧めるという事は無造作であって、しかも親しみのある馳走ぶりであって、それで酒でも勧めて義朝に油断をさすとしては、いかにも事実ありそうに思われる事柄である。季節に頓着なしに感じの上から、新蕎麦を持って来たところが詠史の句としては取柄《とりえ》である。俳句の詠史は漢詩や和歌などと違うてその事柄を優美にしたり、荘重にしたりすることはしないで、むしろその事柄と反対に卑近な物を持って来たり、滑稽な物を持って来たりして頓挫《とんざ》を与えるものが多い。この句などもその一例で、長田忠致《おさだただむね》が源の義朝を弑したというような事柄は歴史の中でも悲壮な事柄であって、もしこれを漢詩にでもすれば堂々たる文字で、英雄の末路を弔《ちょう》するのであるが、それが俳句になるときわめて卑近な新蕎麦というようなものを持って来て、長田が義朝を弑す前の晩には新蕎麦を御馳走して一杯飲ましたのだそうだ、はあはあ、なるほど新蕎麦で一杯やったのか、などと話すとすると、その悲壮な事実に頓挫を与えてそこに一種の軽味《かるみ》が生ずるようになって来る。これがすなわち俳諧趣味ともいうべきものであって、俳句の詠史は多くそういう風になるのである。

易《えき》水《すい》にねぶか流るゝ寒さかな　蕪村

詠史の句の話をしたついでに、今一句この句の解釈を試みて見よう。『唐詩選』五《ご》言絶句《ごんぜつく》の第三句目に「易水送別」という題で、駱賓王《らくひんのう》の、「此地《ノ》別《レシトキ》㆓燕丹《ニ》㆒。壮士髪衝《ケリ》ㇾ冠《ヲ》。昔時人已《ニ》没《シ》。今日水猶《ホ》寒《シ》」とあるのは人口に膾炙《かいしゃ》した詩句で、秦始皇を弑《しい》そうとして壮士荊軻《けいか》が燕《えん》の太子の丹に易水のほとりで別れた事蹟を詠じたのである。この事蹟を簡単に説明すると、戦国時代に燕の太子の丹というのが、秦の国に人質《ひとじち》として行っていたのを始皇帝が虐待した、それを憤って丹は燕の国へ逃げ帰り、何とかしてその恨を報じようと思っていた矢先、秦の将軍の樊於期《はんおき》というのが罪があったのを逃れて燕の国へ来た。そこでその樊於期の首を討《う》って、その首と燕の国の地図とを持って、それを始皇帝に献上すると見せかけて、暗殺しようとしたのが燕の国の壮士の荊軻であった。これは丹の依嘱《いしょく》を重しとして荊軻はもとより一命を棄てるつもりで出掛けたのであったが、不幸にして見現されて殺されてしまった。そのいよいよ秦の国へ入り込もうとする時易水という川で丹と別れた。その遺跡として易水を唐の駱賓王が弔《とむろ》うた時に、この詩は出来たのである。蕪村はよく唐詩を換骨奪胎して句を作っておる。この句も恐らくこの詩から思いついたものであろう。蕪村は実際支那へ旅行したことはないので、易水の景色を知っておるわけはないが、日本内地などで見る景色から想像すると、恐らくその易水という川もただの川で根深《ねぶか》などが流れているであろう。「風蕭々兮《トシテ》易水寒《シ》」とか、「今日水猶寒」とかいうと格別な景色かとも思われるが、恐らくそうではなかろう。川上には根深を洗う百姓などが沢山いて、その洗った根深の葉片が薄濁りのした水の中に青い色を見せて流れているのであろうというのである。蕪村の想像からいえば「あろう」であるのだが、それを実際その景色を見たように「ある」としておるところがこの句に力を与えておるのである。想像も断定もその人の心の内の現象として見れば畢竟《ひっきょう》同じ事である。蕪村などは好んでこの断定の形式を取っておる。すなわちこの句のごときも前の長田の新蕎麦と同じ事で、漢詩などでは「風蕭々兮」と言ったり、「壮士髪衝冠」とか言ったりして、ものを仰山《ぎょうさん》に言って易水の寒さを詠じておるところを、俳句であってはきわめて卑近に「根深の流れる」という事を以て軽くそれを叙しておる。前に漢詩を控えた上でこれを見るとやはり一種の頓挫があって、軽い滑稽味を覚える。そこがすなわち俳諧趣味である。

同じく滑稽味と言ったところで、これらはげたげた笑うような滑稽ではなくて底には淋し味も含んだ品のいい滑稽である。ユーモアというような部類に属するものである。ところが俳句の滑稽もずっと以前になると、大分趣を異にした駄洒落《だじゃれ》に類するものがある。ついでにその一句を挙げて見ようならば、

かぜ寒し破れ障子《しょうじ》の神《かみ》無《な》月《づき》　宗《そう》鑑《かん》

この頃はだいぶ風が寒くなって来た。その寒い風が吹くにつけ自分の住居の破れ障子が今更のように目について侘《わ》びしく、それから吹込む風も寒い、のみならず世上は八百万《やおよろず》の神々が出雲《いずも》の大社《たいしゃ》へ旅立をせられて、いずれの社《やしろ》もその御留守のすなわち神無月であると思うと一層の寂しさを覚える、というこれだけのものとすれば、「神無月の破れ障子に風が寒い」という普通の叙事に過ぎないのであるが、この句で注意すべきことは「障子の神無月」と連ねられた文字の使い具合で、これは「障子の紙」という掛言葉《かけことば》になっているのである。この作者宗鑑という人は今から凡《およ》そ三百年余りも

前の時代の人で、その時代はこの掛言葉が流行して、その掛言葉の上手下手《じょうずへた》がやがて俳句の上手下手と見做《みな》されたのであって、自然その掛言葉から来る滑稽趣味、地口《じぐち》ともいうべき一種の駄洒落が句の生命をなしていたのであった。それを改革して文学的生命あるものとしたのが前言った松尾芭蕉で、それ以来かかる流行は廃《すた》れたが、なお時にその種の句も存在しないではなかった。その一例を言えば、

愚痴無智の甘酒作る松ヶ岡　蕪村

この句は鎌倉の松ヶ岡すなわち今の東慶寺のことを言うたのであるが、この松ヶ岡（地名）の東慶寺という寺は北条時宗の細君が開山の尼寺で、今でいう女権保護のために建てた寺で、この寺に一歩でも足を踏み込んだ女にはもう法律の権威が及ばない、尼の許しを得なければ将軍であろうが大名であろうが、その女をどうすることも出来ないのであった。それは北条時代からこの御一新前まで続いて来たのであって、自然この寺には沢山の女が庇護《ひご》されてもいたし、またその女の望みによっては末寺の坊に落飾《らくしょく》して住まっていた女も沢山あった。そういうところから女は元来愚痴でかためた無智なものであるが、その愚痴無智の尼が退屈の余りに甘酒を作るというのである。

普通の家庭でも女等が集まると、お鮓《すし》をつけるとか牡丹餅《ぼたもち》をつくるとかする、それと同じような訳で、尼どもが集まって甘酒をつくるというのである。この句の「尼」と甘酒の「甘」とが掛言葉になって、それがこの句の主な趣向になっておる。易水《えきすい》の句などに比べると同じ蕪村の句でも下等な句である。

郭公《ほととぎす》大竹原を漏る月夜　芭蕉

この句を見るとすぐ京都の嵯峨の修竹林などを思い出す。大竹原というのは大竹藪というのも同じ事であろう。広々とした藪であって、しかもその竹も小さい竹ではなく大きな幹をした竹でありそうに思われる。その大竹原の上には夏の月がかかっていて、その月影はその粗《あら》い大竹原の間を洩ってちらちらとその大きな竹の幹などにも落ちている、そこに郭公《ほととぎす》が一声二声鳴き過ぎたと、こういう景色である。初夏の清涼な心持ちが句に漲《みなぎ》っておる。こういう句を解する時分に、時鳥《ほととぎす》の大竹原を漏る、という風に解する人があるかも知れん。それは俳句の句法に慣れないためである。郭公で一度切って、郭公（鳴くや）、大竹原を漏る月夜、という風に読めばいいのである。その「鳴くや」とか「鳴き過ぐや」とかいうような動詞の省略されるという事は俳句には普通の文法である。郭公は耳に聞いた声、大竹原を漏る月夜は眼に見た景色、両者相俟《あいま》って大景を描き出しているのである。

はら〳〵と稲妻かゝる芭蕉かな　樗《ちょ》堂《どう》

芭蕉は人も知っているように、人間でいえば僧などを聯想《れんそう》するような飾りっ気のない青一色の、大きな葉をしておる、しかも長大な植物である。その芭蕉の広葉《ひろば》に稲妻のする秋の夜の景色を言ったのである。芭蕉の葉の上に稲妻が落ちると言ったばかりでは、ただ事柄の筋道を言っただけであるが、それに「はら〳〵と」という形容を加えたために一篇の詩となっているのである。すなわちあの芭蕉の広葉に稲妻のぱっとかかった時の心持ちをはらはらと言ったのである。どうも稲妻のするような晩であるから空は曇っておる。今まではその芭蕉もただ黒い団《かたま》りにのみ見えていたのが、その闇を破ってぱっと稲妻が光ると、ただ黒い団りと見えていた芭蕉は、そうではなくって、長い葉を何枚となく大空に突出していて、それははたはたと風に揺れておる。稲妻のかかると同時にその青い色も長大な形も葉揺れも見える。同時にその葉の上に受けた稲妻をはらはらと目に映じたのである。ただ静まり返った水の上とか、硬い石の上とか、突立った杉の木の幹とかにかかった稲妻であったならば、決してこのはらはらという心持ちはしない。それが芭蕉葉の上であったことによって初めてはらはらという心持ちが生れて来たのである。

旅人や馬から落す草の餅　子規《しき》

この句などは解釈を待たないかも知れぬが、念のために一、二言を費して置く。一人の旅人は馬に乗ったままある宿場《しゅくば》の茶店の前に在って、その茶店で売っている草の餅を買ってそれを馬上ながら頰張《ほおば》りつつあった時、ふとしたはずみにその草餅を取り落としたというのである。あるいは宿場はすでに出離《ではな》れて、今茶店で買った草の餅を馬上で食いながら悠々と打たせていると、どうかした拍子にその草餅を取り落とした光景かも知れないのである。しかしそれはどちらでもこの句の価値の上には損益するところはない。要は馬上で草餅を食っていてそれを取り落としたというその滑稽味と、暢気《のんき》な旅情とに興味を持ちさえすればいいのである。

蜂の子の蜂になること遅きかな　子規

この句も意味は明瞭であろう。蜂の巣の中に在る蜂の子が蜂になるのにはなかなか時間がかかって容易にはならぬ、というだけであるが、ここに注意すべきことは、そういう表面の意味だけを辿ったのでは、句が殺風景になってしまうことである。この句の表面の意味はそれだけであるけれども、裏面に作者のある意味のあることを認めなければならん。それは何かというと、蜂の巣に初めてちょっと頭の黒い針の尖《さき》で突いたほどの小さい子が出来てから、それがだんだん大きくなって、ついに羽根が生え、本当の蜂になって飛ぶようになるまで、この作者は常に親しくその蜂の巣を眺めていたのである。人間の子ではなくって蜂の子であるから、何も成人を待つ、というほどの熱心な待ちようではなくっても、やはり一つのなつかしみを以て、いつこれが蜂になることかと明暮れ眺めくらしていたのであったが、心待ちに待っておればおるほど、なかなか容易に蜂にはならない。何十日も経《た》って漸く蜂になった、というのである。実際蜂の巣にそういう親しみを以て接したことのあるものでないと、「なに蜂の子が蜂になるのか。そりゃすぐだろう」と訳もなく言ってしまうのである。なんでもない句のようであるけれども、この句が出来た裏面には、そういう作者の忠実な観察があることを忘れてはいかん。

逢ひ見しは女の賊《すり》や朧《おぼろ》月《づき》　太《たい》祇《ぎ》

朧にかすんだ春の月の出ておる晩、表を歩いておると、ふと美目《みめ》のよい一人の女が目についた。美人だと思いながら、それほどたいして気にとめるでもなくすれ違ったのであったが、懐を探《さぐ》って見ると財布がなくなっている。さては今の女が賊《すり》であったのかと驚いたという句である。「逢ひ見しは」というのは、ふと行き逢って何となくこちらが眼にとめて見た、あの女が賊であったというのである。あるいは自分が掏《す》られたのではなくって、あのちょっと目にとまった女が、後に掏摸《すり》であったことがわかって、あの女が掏摸であったかというように解しても差し支えないのであるが、しかしやはり前解のように自分が掏られたと解する方が作者の意を十分に酌《く》み得たものかと思う。沢村源之助の舞台などを思わせるような句である。

今はやる俗の木《もく》魚《ぎょ》や朧月　太祇

元来木魚は仏前に置かれて僧の手によって取扱われるべき性質のものであるが、俗間の好《こう》事《ず》家《か》は、それを居間などに置いてただポコポコと打って喜んだり、あるいは人を呼ぶ時の呼鈴《よびりん》の代りにしたりしておる。あの妙な形をした仏臭い木魚を脂粉《しふん》の気の漂っている辺に用いているというところに、かえって一種のおかしみがある。この頃は何かというと木魚を用いるのであるが、またここにもそのポコポコいう音がしておる。空には朧月が出ていて艶《えん》な光を漂わしておるというのである。この作者太祇は京の島原に住まっていたというのであるから、あるいはその辺の光景かとも想像されるのである。俗の木魚というだけでは、あるいは俗人で仏信心のものが持仏の前で木魚を叩いているものとも解されぬことはないが、「今流行《はや》る」というような言葉から推すと、もっと極端に木魚を単に好事的に弄《もてあそ》ぶものと解するのが至当であろうと思う。今でも座右に木魚を置いて、それを叩いて婢僕を呼ぶようなことをしている人が随分あると思う。

たらちねの抓《つま》までありや雛《ひな》の鼻　蕪村

雛のちょびっと持ち上ったようになっている小さい低い鼻を見た時に、興じて作った句である。赤ん坊を抱いておる母親は、摘《つ》まむと子の鼻が高くなると言って、よく戯れ半分に摘まんだりする、この雛の鼻の低いのも、この雛のお母さんが摘まむことを忘れたがためであったのかというのである。雛の鼻の低いのは、雛を作った人が低く作ったのであって、その無生の木偶《でく》にお母さんのあるわけもないのであるが、かくそれを人間のごとく見ていう所に、雛に対する親しみと、打ち興じた興味があるのである。これらはことに作者の主観の働きで、客観の事実はただ雛の鼻の低いというに過ぎないのを曲折をつけてかく一篇の詩としたのである。なおこの雛も、近来鼻の小高く出来ているのなどを見ると感じが薄いが、能の面などに近いような古い時代の雛を思い出すとことに興味が深いのである。作者も百年前の人である。

雛の宴五十の内侍《ないし》酔はれけり　召波《しようは》

これは大内《おおうち》などで催された雛の宴で、いつもは厳粛な宮中も、今日は雛祭りとて皆うちくつろいで笑いさざめいておるその中に五十余りの内侍がいたく白酒に酔わされて、その酔態がことにその日の興味になって皆の眼にとまった、というのである。宮中といっても局《つぼね》などで催される宴かとも想像されるのである。五十になった内侍の酔態はあまりいい図でないかも知れない、けれどもその背景は美しく飾られた雛壇、いくら年を取ったといっても官女の事であるから、粉黛《ふんたい》をも施し例の袴《はかま》なども穿《は》いておる、下々《しもじも》のものが取乱したような醜態ではないに相違ない。その上もう五十といえば色気《いろけ》などはなくなって、ただおかしみ一方の酔態であろうと思う。

春の夜や昼雉子《きじ》うちし気の弱り　太祇

これは猟に行って昼間雉子を打った。鳥の猟のうちでは、小鳥などよりも山鳥、山鳥よりも雉子といったような順序で、雉子は一番に功名とすべき鳥である。あの美しい毛色をした長い尾の見事な雉子を昼間打った、その張り詰めた昼間の反動で、夜は気が抜けてがっかりしておる、というのである。多寡《たか》が小鳥ぐらいなら何でもないと格別嬉しさが大きくない代りに、夜になったところで別に気分に違いもないのであるが、昼間の喜びが大きかっただけ夜はがっかりするのである。その上前に言ったように、大《おお》いに美々しい鳥を殺したのだという事が、美しい春の夜らしい心持ちはしながらも、どことなく落莫《らくばく》の感じがある、そこにも気の弱りを導く一つの原因はあるのである。次の句と併せ考えれば、そこの消息はよくわかるのである。

牡《ぼ》丹《たん》伐《き》つて気の衰へし夕《ゆうべ》かな　蕪村

牡丹が大きな花を咲かせておる。その牡丹を伐ろうという考がありながらも、あの花の王といわれておる見事の牡丹を伐るという事は、どうもそう軽々にやることが出来ないような心持ちがして、まあまあと一寸延《いっすんのば》しにしていたが、いつまでも擲《ほう》って置くわけにも行かないので、ついに決心してそれを伐った。そのあとはがっかりして、ことに夕になってその気の衰えを感ずることが大きいというのである。前句は動物、この句は植物の相違はあるけれども、鳥の中の雉子と、花の中の牡丹はよく似寄ったもの、それを打ったり伐ったりしたために、がっかりして気を弱らす心持ちは似通っておる。

野《かげ》馬《ろう》に子供遊ばす狐かな　凡《ぼん》兆《ちょう》

春の日の当っておる時に土地とか石とか草とかの上に、ゆらゆらと揺《うご》くところのある気を感ずる。水蒸気の作用か、それとも単に光線の作用か、いずれにしても春の日影のうららかな中に立ちのぼる気のような感じがするのである。和歌で糸遊《いとゆう》というのもこれである。陽炎《かげろう》という字を用いるものもこれである。さてその陽炎の立っている草原とか堤とかいうようなところに、一匹の老狐は子狐を連《つ》れて遊んでおる。子狐が無邪気に遊んでいるのを、老狐は楽しげに見ておるというような光景である。狐は化けるものであるとかいう聯想から、その草に立っておる陽炎があたかもその霊気と相応じてゆらめいているような心持ちもするのである。一方に春の麗《うら》かさを覚えると同時に、どこか霊気を感ずるようなところが陽炎に調和するのである。狐の身になって見ると、ここは化けるとか何とかいう表舞台ではなくって、人間などに気兼ねなく単純に子供を遊ばしておる心持ちであろう。この子供を人間の子供と解されぬこともないけれども、それではあまり芝居《じ》染みて来る。やはり狐の子とする方が穏当であろう。

肌寒し竹伐《きる》山の薄紅葉　凡兆

秋になって、もう肌にうすら寒い寒さを感ずるようになった、その頃のある光景を言ったので、山には一面に竹が生えておる、その山の竹をこの頃人夫が這入《はい》って伐っておる、青々としたその竹藪の向うに紅葉する木があってそれがもう時候を知り顔に薄紅葉しておる、というのである。この句のごときは、あるいは竹山ではなくって、竹も生えておれば松もあり紅葉する樹もあるというような山に作者が竹を伐りに行って、竹を伐りながらも薄紅葉する樹を見たという風にも解されぬことはないのであるが、しかし「竹伐山」という言葉から推《お》しても、全体の調子のはっきりした印象を人に与える点から言っても、青々とした竹山は折節あすこにもここにも人夫が這入って竹を伐っておる、その向うのさらに高みになっている岨《そば》に薄紅葉のしておる樹のあるのが、その竹山に打ち映えて見える。竹を伐るということ、薄紅葉という事につけても、時候の肌寒《はださむ》を身に覚えるという風に解する方が適切かと考えるのである。俳句は言葉が単純なためにかくのごとき両様の解、時としては三様四様の解を試むることも出来るのである。この句のごときは両様の解いずれに従うとしてもその趣味の上には変化はないのである。

三葉《みは》散りて跡はかれ木や桐の苗　凡兆

桐の苗木を描いたもので、その苗木には三枚だけ葉が附いていたが、その三枚の葉が散ってしまった跡はもう枯木になってしまった、というのである。俳句の方では落葉した木を枯木という、で落葉した冬木の別名と見てもいいのである。実際枯れてしまった朽木の意味ではないのである。これはきわめて簡単に桐の苗木そのものの特質を描いたところがかえって力ある句になっている。桐の葉は人も知るごとく大きな粗《あら》い葉で、それが桐の幹に疎《まば》らについておるのであるが、その葉の落ちるときはぽくぽくともろく落ちやすい。そのわずか三枚の葉が落ちてしまったあとは真直ぐに突立っている幹ばかりになってしまって、おやおやもう枯木になってしまった、と驚かれるのである。

家主《いえぬし》の無残に伐《き》りし柳かな　子規

借家の庭に柳があった。その柳が枝を延ばし葉を茂らしていたのを、借家人はあまり延びたままになっているとか、葉が茂って鬱陶《うっとう》しいとか、いろいろに感じていたのであったが、それでもまた一方からは、毎日住み慣れ見慣れた庭の柳であるから親しみもなつかしみもあったのであるが、ある日家主から植木屋を寄越《よこ》して庭の植木の手入をすると言って、その柳を何の容赦もなく滅茶苦茶《めちゃくちゃ》に枝下《えだおろ》しをしてしまったというのである。あるいは伐りしという以上は根方《ねかた》からその柳を伐ってしまったものかとも解釈が出来るのであるが、しかし「無残に」という言葉から推すと、まだその柳は全生命を取られたのではなくって、敗残の形をそこに留めているものと見る方がよかろうと思う。すなわち「伐」というのは枝を伐ったので乱暴にもその枝も伐りこの枝も伐りいかにも無残に伐り下ろしてしもうたというのであろうと思う。生みの親よりも里親の方が情けがあるというのと同じ事で、借家人は自分の持物というではなくっても、朝暮馴染《あけくれなじ》んでいた柳の木の事であれば、伐るにしても、もっと伐りようがあると思うのであるが、家主方にはかえってその情けがなくって、他の木と違って柳の事であれば、どんなに伐ったところで枯れる憂はないから、度々手数のかからぬように思い切って伐って置いた方がよかろうと随分思い切って伐り下ろしたというのである。植木屋を寄越したのではなくってあるいは家主自身でやったものとしてもよいのである。いずれにしても感じは同じことである。

木々の芽や新宅の庭と丶のはず　子規

春になって庭に在るいろいろの木がそれぞれ芽を吹いた。この家は建築して間もない新宅の事とて、その庭もまだ十分に手入が出来ておらず、いろいろの木がそれぞれ思い思いに芽を吹いて、さなきだにあまり整っていない庭が益々整わぬ形を示したというのである。古い庭であって見ると、多年刈り込まれたり手入をされたりした庭であるために、たとい木の芽が吹いたにしても、そう「庭整はず」というほどの不恰好《ぶかっこう》さは示さないのであるけれども、まだろくろく庭師を入れたというでもなく、手当り次第に雑木《ぞうき》を植えたというに過ぎない庭であるから、枯木の間はさまでになかったものも、芽を吹いて見ると、いよいよその不恰好さが目に立つようになったというのである。

水仙にたまる師走《しわす》の埃《ほこり》かな　几《き》董《とう》

師走となると何かと多忙である。商人はもとよりの事、普通の家であっても、おしつまって来るほどに匆忙《そうぼう》として日は暮れる、床《とこ》の間《ま》に生《い》けてある水仙——もしくは鉢に植えてある水仙——も、その多忙のためにあまり顧《かえり》みる人がなくって、いつの間にか埃が葉にたまっているというのである。花を生けるというのも、水仙の鉢を置いてそれを見て楽しむというのも畢竟閑《ひっきょうひま》があっての上の事で、多忙となるとなかなかそういう悠長なことに時間をつぶしている隙《ひま》がない、けれども埃はそういう人の匆忙に頓着なくいつでも物の上に降《お》りる。それが水仙の花の上に降りたところに師走の急がしさが思われるのである。水仙の鉢でも花生けでもどちらでもいいと言ったが、普通ならばとっくにもう花も変えて生けかえるべきものを、いつまでも水仙を生けたままで擲《ほう》って置いてあったものとすると、水仙の鉢とするよりも花生けとする方がより多く適切なように考えられるのである。

除夜

年ひとつ老いゆく宵の化粧かな　几董

大三十日《おおみそか》の晩の句で、今宵《こよい》寝ればまた一つ年を取るというその宵に化粧をする女を詠じたものである。察するところこの女はもうそろそろ老という事を気にしはじめる三十代の女を言ったものであろう。十代の子供子供した女ではもとよりなく、二十代の若々しさでもなく、三十代になって女としてはそろそろもう老境に入りかけたというような女が、大三十日の晩に宵化粧をする、その女の、目出度《めでた》い元日を待ちながらも、また一歳《ひとつ》年を取るという淋しい心持ちを言ったのである。老いそめた女の化粧はなお一点の美しさを留《とど》めながらも、化粧をするという事その事がやがて一つの淋しさを思わしめる。この句もその心持ちを言っておるのである。

たのみなき若草生《お》ふる冬田《ふゆた》かな　太祇

若草といえば、これから先だんだん茂って春の草になって行くものであるが、それがまだ冬田にちょいちょいと生いそめたところを見ると、その若草はいつまで茂るべき未来があるかを疑わねばならぬのである。冬田は、秋稲を刈った後にそのまま打ち棄てられて顧《かえり》みられないものであるが、そこへ生《は》える若草は他の地面に生えるものに比べると、まことに頼み少ない心持ちがする。その冬田に生えた若草を見た時の作者の心持ちを言ったのがこの句である。あるいは十月に返り花が咲くようにまだ冬の初めの田《た》の面《も》に、日当りのいいところなどに、若草が生えておるが、これはやがて来る寒さや、雪や霜やにたちまちいためられて枯れてしまわねばならぬものである、そこに生える若草は頼みないものである、という風に解釈されぬこともないのであるが、しかしやはり前解の方が適切であろうと思う。

鼠追ふや椿生けたる枕上　田《でん》福《ぷく》

夜鼠が出て来て枕もとをごそつかすので、寝ていながらしっしっとそれを追うた、その枕もとには椿が生けてあるのだというのである。鼠が出るぐらいであるから恐らく灯火は消されてしまってあるので、全くの闇夜《あんや》であろう。目には文《あや》なしで、ただ枕もとに荒るる鼠の音が聞こえるばかりであるが、その闇中にも自ら目に描き出さるるものは昼間生けて置いた、あの美しい椿の花である、とそういうのである。鼠が出てあばれるような殺風景な闇の中に一点の椿を点出して来て色彩を添えたところがこの句の価値である。鼠が椿の花をひっくりかえすであろうからそのために追うたのだとか、何とかいうような解を試むる人があったら、それは無用の弁といわねばならぬ。枕上は「まくらがみ」とよむか、あるいは「まくらもと」とよむか、いずれでもよかろうと思う。

あながちにくれなゐならぬ紅葉哉《かな》　橘《きっ》仙《せん》

紅葉は紅《あか》いといったところで、あながちに紅ばかりではないというそれだけの句である。あながちというような俗語を使って「くれなゐならぬ」というような雅語を継《つな》ぎ合わせたところにこの句の手際はあるのである。紅葉と一概に言うけれども黄色もあれば、同じく紅いなかにもいろいろ濃淡がある、そのさまざまの色を織り交《ま》ぜた美しさを想像せしめるところもまた一方の働きとせねばならぬ。

古寺に狂言会や九月尽《くがつじん》　雁宕《がんとう》

狂言会というようなことは今でもある。狂言は大概能《のう》の間に挿《はさ》んでやるものであるが、時によると狂言ばかりを催すことがある、それを狂言会というのである。ああいう滑稽を主とするものであるけれども、もと品格のいいものである上に、その狂言のみが続けて演ぜられるという事が、かえって淋しみを人に起させるのである。場所というと古寺、時候というと秋の末の九月尽、いずれも荒廃したような淋しい感じを起さしめる中に、狂言会を催すというのである。

又或日扇遣《つか》ひ行く枯野かな　暁台《きょうたい》

夏炉冬扇《かろとうせん》という言葉がある通りに、冬の扇は必要のないものとなっているのであるが、それがある日村里を通っていると、汗ばむほどに暑さを覚えたので、また扇を遣いながら行ったというのである。「又」の字は夏遣うた扇をまた冬になっても遣ったという意味である。冬といえば寒いことになっているけれども、小春という言葉もあるようになかなか春めいた暖かさを感ずることもあるので、そういう時に荷物でも肩にかけながら歩いていると相当に暑さを覚えるのである。それが町中とか山路《やまじ》とかいうのでなくって、枯野であるところに、ことに日の周《あまね》く照っている暖かさを思わしめるのである。また「或日」という初五字が働いているのである。

出代《でがわり》や稚《おさな》心に物あはれ　嵐《らん》雪《せつ》

嵐雪の句にはこういう優しみのある句が多いといわれているのである。出代というのは三月に年季奉公の男女が入り交《かわ》る古来の習慣がある。今までいた奉公人は新しき奉公人と入り交るために、長々の恩義を謝して暇を貰うて出て行く。新しい奉公人はその古い奉公人のなし来《きた》ったことを少し見習って、その古い奉公人の出て行ったあとは自分ですべての事に当るようになる。竈《へつつい》も昔の竈、七輪《しちりん》も昔の七輪、戸棚も昔のままの戸棚でありながら、そこにいる人間の変ったのを見ると、何となく、ものになじまぬようなうら淋しい心持ちのあるものである。それが大人であってもそうであるが、ことに子供で見ると、親しみなじんでいた昔のものが去って、なじみの薄い新しいものが来たのであるから一層もの淋しい心持ちがする。その上、そのなじみのある昔の奉公人のしみじみと主人に暇乞《いとまごい》をして出て行くのを見ていると、まだすべての情の十分に発達していない稚いものでもさすがにあわれを覚える、そこをつかまえてこの句にしたのである。出代の句には前説明したように新旧の交代したことを詠じたもの、新しく這入《はい》って来た男女のおかしみなどを詠じたもの等があるが、主としてこの句のように出て行く旧《ふる》い傭人《やといにん》の方のあわれを叙したものが最も多いのである。

君見よや我手入るゝぞ茎の桶　嵐雪

これも嵐雪という人のすべてもののやさしみをいうのに長《た》けておる例証としてよく挙げられる句である。男世帯などを聯想《れんそう》する句で、友人が尋ねて来て、晩飯でも一緒に食おうとする時に女房か下女でもあるならば、そのものが膳立をしてくれるのであるけれども、そういう女気は勿論のこと、下郎も小僧もない、ただ物草太郎《ものくさたろう》の男が一人で自炊をしておるのであるから、漬物を出すのも自分でせなければならぬ。君と言ったのはそこに来会《きあ》わせておる友人に言ったので、君見てくれたまえ、僕は漬物桶に自分で手を入れるんだぞ、というのである。茎の桶というのは、冬三河島菜《みかわしまな》のような菜を漬ける、それを茎の桶というのである。寒い冷たい臭い茎の桶に自分から手を突込むというところに侘《わ》びしい心持ちもあるが、同時にどこやら得意なところもある。『鉢の木』の謡《うたい》に佐野の源左衛門が「あゝ降ったる雪かな」と貧乏人のひだる腹を抱えながら雪の降って来るのを興じているが、それと同じことで、むさくるしい男世帯でも、その茎の桶に手を突込むところに、自分で興味を見出して多少得意なところがある、それは優にやさしいというようなみやびた情ではないが、滑稽を帯びた軽みのある情味がある。嵐雪の句のやさしみというのは主としてそういう点である。余事ではあるが、嵐雪というのは芭蕉の主な弟子の一人で、其角と並称《ならびしょう》せられ、芭蕉が門人に其角、嵐雪ありと言ったと言われおる男である。

灌《かん》仏《ぶつ》や捨子則ち寺の児《ちご》　其《き》角《かく》

灌仏というのは、四月八日の釈迦の誕生日に寺で灌仏会《かんぶつえ》というものを修じ、参詣人に甘茶などを配《くば》るのである。これはその灌仏の日に寺に一人の児がいるのが人の目につく。さてあの児さんはどうした児さんかと人が目を峙《そばだ》てて見るが何年か前にこの寺の門前に棄ててあったあの捨子なので、寺の和尚は仏の道に携っておる慈悲から、それを拾い上げて育てたのが、あんなに大きくなって児になったのだというのである。

あるいはこの句を解して、自分が寺の門前に子を捨てて置いたのじゃが、何年か経《た》って恐る恐る灌仏会にその寺に来て見るとちゃんとその子が成人して寺の児になっている、という風に取る人があるかも知れぬが、それは少し穿鑿《せんさく》に過ぎているであろう。灌仏の日は甘茶を酌《く》んで参詣人に渡したりするために、寺の人も世話して皆総がかりで働いておる、参詣人も多い、そこで多くの参詣人が、「あの児さんが捨子じゃそうな。だいぶ大きくなったものだ」などと人に交《まじ》って端近《はしちか》く立働いているその児を見て評するというような句と解する方が至当であろう。「捨子則ち寺の児」というような磊落《らいらく》な句法が其角の長処で嵐雪の句のやさしみとはだいぶ趣を異にしておる。

もどかしや雛《ひな》に対して小盃《こさかずき》　其角

雛に向いて、「さあお雛様召し上れ」とか何とか言って女の子などが小さい盃をその前に置き、それに白酒でもついでおる光景か、それとも雛の祭ってある前に団居《まどい》して小さい盃で人々が酒盛りでもしている光景か、いずれにでも解されぬことはない。あるいはまた団居して多勢の人がいるのでなくって、美しい雛を眺めながら、その家の主人か誰かが、小盃でちびりちびりと飲んでおるのかも知れないのである。作者はどれかある一つの意味で作ったのであろうけれども、もともと十七字で文字が少ないために十分の叙述が出来ず、解する方では三通りにも四通りにも解することが出来るというような場合が随分沢山ある。それは俳句として不完全といえば不完全であるが、事実そういう場合がよほど多い。ただその場合に考えねばならぬことは、かく意味が違った場合に、その句の趣味に変化を来たすかどうかという事である。たとえば、この句のごときに在っては以上三通りの解釈が出来るにかかわらず、いずれにしてもこの句の生命は「もどかしや」という初五字に在るので、そんなに雛に対して小盃をいじっていたりするのを大酒飲みである其角が見ていると、もどかしくって――じれったくって――仕方がない。そんな真似のような事をしておらずに、大盃でぐびぐびと引っかけたらよかろう、というのである。そこで雛に対して小盃という光景は強いて解すれば二、三様の解を得るけれども、要するに、それを見てもどかしがるところがこの句の生命であるから、それらの不明瞭な点があるにかかわらず、この句の趣味の上には何の影響もないのである。これも「もどかしや」という豪放な主観が其角の特色である。雛などに対してはとかくやさしいことを言いたがるものであるが、其角は、「面倒臭い、もっと大盃でやっつけろ」というような乱暴なことを言ったのである。

嵐雪の雛の句には次のようなやさしいものがある。

石女《うまずめ》の雛かしづくぞあはれなる　嵐雪

石女というのは妊娠しない子のない女。女として子のないのは不幸なものとされておる。その石女が雛を祭って、何かとそれにものを供《そな》えたりなどしておる、それを見て嵐雪は、ああ憐れだ、子供があるならばその雛祭も子供のためにするのであろうけれど、子供の声のせぬ淋しい家庭に、雛祭をしておるのが、見るからに気の毒だというのである。石女と決まった以上は少なくも三十を過ぎた女ぐらいに解釈される、その女が身じまいをして、若々しく化粧などをして、世間に多くの娘を持った同年輩の婦人の身の上を羨ましく思いながら、せめて雛祭などをして、淋しさを慰めている光景をあわれと見たのである。其角の「もどかしや」とは大分情味に相違がある。

あれ聞けと時雨《しぐれ》来る夜の鐘の声　其角

嵐雪などの句はわかりやすいが、其角の句にはわからぬのが非常に多い。前に挙げた句などは、其角の句としては比較的まだわかりやすい方である。この句もちょっとわからぬところがある。景色は冬の初め頃はらはらと時雨の降って来る夜に鐘の声も響いて来たのであろうと思うけれども、「あれ聞けと」の初五字が十分にわからない。強いて解すればこうであろうか。時雨がはらはらと音を立てて降って来た、その時雨の降って来たのは、あの今響く鐘の声を聞けと、そう人に注意を与えるために降って来たのである。すなわち時雨をパーソニファイしたものとするのである。しかしまたかくも解することが出来る。それは鐘をパーソニファイしたもので、時雨が降って来たことを人は知らずにいるかも知れぬ、それを折節《おりふし》鳴って来た鐘が人に警告を与えて、あの時雨の音を聞きもらすまいぞよ、とそう言ったものとも取れぬことはない。――少し無理かも知れぬが――なおまたこうも解することが出来る。「あれ聞け」というのは二、三人集まっている席上の一人が、「あれを聞け、鐘の音がして来た」とそう言ったので、それは折節時雨の降って来た途端《とたん》であったというのである。中でこの解が穏当かと考えるのであるが、しかしいずれの解にしても時雨るる夜に――あたかも時雨来る途端に――鐘の音も聞えて来たという光景は一つである。今度は前の雛の句と反対に光景は一つであって、「あれ聞けと」という初五字の意味が曖昧なのであるが、その初五字はどう解釈するにしても、時雨来る夜の鐘の音について、作者の打興じた心持ちは覗《うかが》うことが出来るのである。やはりこの句の趣味の上にはたいした相違はないのである。ことにこの句のごときは一直線に叙した調子がよほど趣《おもむき》を助けておるので、初五字の意味は曖昧でありながら、なお時雨るる夜の趣を強く受入れることが出来るのはこの調子の力に帰すべきである。其角の句は難解であって『五元集《ごげんしゅう》』一部を初めから終まで解釈し得る人は一人もあるまい。それは其角が偉いというよりも、其角という男はそんなわからぬ句を作って得意であった男だと言ってしまって差し支えないのであるが、それでいてわからぬながらもどこやら面白いという句が相当に在るところは、やはり其角の偉いところである。それは其角の頭に起って来たある感じを、彼はほとんど文字に頓着《とんじゃく》なしに――意味に頓着なしに――今一つ言えば世人がそれをどう解するかという事に頓着なしに――感じそのままを現そうとして、そういう句を作ったものとも解する事が出来るのである。我らにある感じがある。どうかしてその感じを現したいと思って、折節そこにある楽器に手を触れる。四絃一時に音を発して、丁度その作者の感じをその音によって現し得たというような場合が随分ある。其角の句をまずそういう風に解したらよかろう。意味はどこやらぼんやりしてわからぬところがあるけれども、しかし其角の感じはよく現れておるというような傾きがあるのである。

渡りかけて藻の花のぞく流れかな　凡兆

其角の句などを解釈して、二通りにも三通りにも意味が取れるというような事をいうと、初学の人は定めて、そういう事になると俳句というのは誠に不安なものだ、と考えるかも知れぬが、決して其角の句のようなものばかりが俳句ではないのである。凡兆はやはり其角と同時の芭蕉の弟子の一人であるが、この人の句のごときは最も明白で、何の疑議も挿む余地のない印象明瞭な句を作っておる。この句のごときもその一例で、一つの流れがあって、その流れを臀《しり》をからげて渡りかけたのであるが、ふと下を見ると川底に生《は》えておる藻に白い花の咲いておるのが目にとまった、そこでそれを水の上から覗《のぞ》いて見るというのである。夏川の涼しそうな澄み渡った水、藻の花の小さいながらもはっきりした花、それを中流に立ちどまって覗いている人の様子、それらがはっきりと目に浮ぶ。其角の句などとは大変な相違である。

上行くと下来る雲や秋の空　凡兆

これは秋の水蒸気の少ない空気の澄明《ちょうめい》な空のある現象を描いたもので、晴れ渡った青い秋の空にも少しばかりの白い雲がある。その雲もちょっと見るとただ一様に白い雲であるが、よく見ると上の雲はたとえば北から南に動きつつある、下の雲はそれと反対に南から北に動きつつある、上の雲は向うに行くような心持ちがすると、下の雲はこちらに来つつあるような心持ちがする、というのである。「行く」とか「来る」とかいうのは多少曖昧な言葉であるけれども、しかもそれにしても上層雲と下層雲が反対の方向に動きつつある光景は、はっきりと受取れる、それに雲を描きながらも打ち晴れた秋の空の心持ちもはっきりと覗《うかが》われる。やはり印象明瞭の句なることを失わぬ。

ながながと川一筋や雪の原　凡兆

この句のごときも画《え》のような句である。一面に雪が降り積っておるので、どこもかも真白いが、その中に一筋長く連《つらな》って黒いものがあるのは川であるというのである。一面に白い胡粉《ごふん》で塗り詰めたような中に、一筋の黒い川の遠く流れている光景が実にはっきりとよく描かれてある。

藁《わら》積みて広く淋しき枯野かな　尚《しょう》白《はく》

元禄時代、すなわち芭蕉時代の作家で、印象明瞭な句を作る人は凡兆が一番であるが、この尚白という人なども、やはりその傾向の一人である。この句はちょっと油画などでよく見る光景で、冬枯の野に外にこれというものもない、稲を刈り取った田にところどころ積藁が残っておる、ここにも藁の山があれば、かしこにもある、それらの積藁を中心にして広々と見渡される枯野は、どこを見ても淋しい眺めであるというのである。やはり凡兆の句に劣らぬ印象明瞭の句である。

ほとゝぎす今日に限りて誰も無し　尚白

これは印象明瞭というほどの句ではないけれども、それでも其角の句のような疑わしいところは少しもない、わかりやすい句である。ほととぎすが鳴いた。珍しい一声であるから、自分の外誰かに聞かせたいと思うけれども、あいにく今日は誰もいない。いつもこんなことはない、誰かがいるはずであるのに、今日に限って誰もいないというのは誠にあいにくであるというのである。御馳走があると、自分一人でそれを食う気になれず誰かにそれを食わしたいと思うのは人情である。子規《ほととぎす》の一声もそれと同じことで、待ち兼ねておった子規の一声が聞えたのに、あいにく誰もおらぬとは残念だとその一声を愛惜するのである。

枕元にたゝまぬ春の晴衣《はれぎ》かな　格《かく》堂《どう》

この解釈は前にも言ったことがあるように、俳句というものを解釈する力を養うことを目的にしているのであるから、近代人の句もこれを掲げてその解釈を試みて見ることにする。春になって花見に行ったとか、もしくは芝居を見に行ったとか、そうでなくってもどこかの人の集りに出て行ったので、よそ行《ゆ》きの晴衣を着て行った。それから家に帰って来たのはもう遅かったので、平常著《ふだんぎ》に着替えもしないで、そのまま晴衣を枕元に脱ぎ棄てたままで寝たというのである。晴衣をたたまずに枕元に脱ぎ棄てたままで寝るというところに、春の遊楽に耽っている慌《あわた》だしい趣もあるし、やや締りのないような濃艶な趣もある。

笠ながらぬかづき行くや春の寺　三《さん》湖《こ》

笠ながらというのは笠を着たままというので、寺の前に行っても笠を脱ぐのは面倒であるから笠を着たまま、その本尊に礼拝をして行き過ぎるというのである。この句の表面に出ていなくっても一番に想像のつくことは「旅」というので、この人は旅をしておるので、笠を被《かぶ》って旅をしておる時にある由《よし》ある寺の前に来た。笠を脱いで礼拝すべきものを、そのままで礼拝するというのである。これを普通の人の旅とすると、そう信心家というでもなく祖先の習慣に従ってただ頭を下げたというのだけで、暢気《のんき》坊《ぼう》のように取れるし、また信心のために巡礼というようなものとすると、手に種々《いろいろ》なものを持っているとか子供を伴《つ》れているとかして、笠を脱ぐことが自由でなかったために笠を着《つ》けたまま礼拝をしたのであるが、それでもただ儀式のための礼拝というのではなくって心から額《ぬか》ずいたものと解されるのである。いずれにしても春風の吹いておる長閑《のどか》な光景という点に一致するのである。これが夏の暑い盛りとか冬の寒い日とかだと、この笠ながら礼拝をするという心持ちがすっかり変って来る。右両様のいずれとするも、うららかな春の日とすればその心持ちには共通な点があるのである。

鉢に咲く梅一尺の老木《おいき》かな　鳴《めい》雪《せつ》

これは盆栽の梅を詠じたので、普通に老木といえば少なくとも一間《いっけん》以上の梅であろうけれども、これは盆栽の事であるからわずか一尺ばかりの木であるが、それでいてやはり老木なのである。その一尺ぐらいの木であってしかも嵯峨《さが》たる老木の趣を備えたところがすなわち盆栽家の苦心の存するところで、その一尺の老木に梅の花が咲いておるというのである。何でもないことをそのまま言ったのであるけれども「梅一尺の老木」と言ったところがよく盆栽の梅そのものを現しているといっていいのである。

春寒く咳《せき》入《い》る人《にん》形《ぎょう》遣《づか》ひかな　水《すい》巴《は》

人形遣いは義《ぎ》太《だ》夫《ゆう》ばかりに限ったことでなくて、他の声曲類にも昔はだいぶ人形が附随しておったのだそうであるが、現今では人形遣いというとまず大阪の文楽座あたりの義太夫節に附随したものをすぐ聯想《れんそう》する。作者の意も恐らくそうであろう。文楽座あたりに行って見ると、今は死んだけれども、もとの吉田玉造《よしだたまぞう》とか桐竹紋十郎《きりたけもんじゅうろう》とか言ったような老人が裃《かみしも》を着《つ》けて、立役《たちやく》とか立女形《たておやま》とかの人形を遣っておったものであるが、今でもまた相当の老人が恐らく主な人形遣いとして立っているであろう。そういうような年取った人形遣いが、春の寒さに風邪《かぜ》を引いて咳入っておるというのである。あるいは作者の意は年は取っていなくってもいいので、とにかく今の世にはやや時代遅れの職に携っている男が、春の寒さに風邪をひいているというところに同情があるのかも知れぬ。句の上に老人というのは明らかに出ているわけではないのであるから、その方の解でもよかろうと思う。年齢は老人でなくっても時代遅れの職業に携っている男というのがやはり老人同様の侘《わ》びしい感じを抱かせるのである。そうして一つ忘れることの出来ぬことは、そういう侘びしい人間ではあるが、もともと艶《あで》な人形遣いであるというのが、同じ寒さに風邪をひくにしても、厳冬の寒さよりは春さきの寒さにひいたという方が、その艶な心持ちによくそうのである。こういう点は見逃すことの出来ぬ点である。

行《ゆく》春《はる》やあまり短き返り事　水巴

行春というのは春の末のことで、春を生物のごとく考え、その春がもう行ってしまうという所から行春と言ったのである。それを生物のごとく見るところに春に対する愛惜の情が十分に在るのである。さてこの句意は、その春の末にある人のもとに何か用事があって手紙を出した。その用事というのも恐らくしかつめらしい殺風景な用事ではなく、何か文芸に関することとか、もしくは多少艶味《えんみ》を含んだ情事に関することかであったろう、こちらから遣《や》った手紙には十分に意を尽くし情を籠《こ》めて長い文句を書いてやったのであるから、その返事も同じような情意を尽くした長いものであろうと予期していたのに、それはあまり短い返事であったというのである。すなわちこの句のうちには春の暮れ行く怨みの上にその返事のあまりに短かったのをも怨む意が含まれているのである。

行春や選者を怨む歌の主　蕪村

前の句から聯想してこの句を思い出したからついでに解釈する。晩春の怨みにつけて人に対する怨みを叙した点は両句共に同一である。昔平家の武士の忠度《ただのり》は俊成卿《しゅんぜいきょう》の『千載集《せんざいしゅう》』の中に自分の歌を読人知らずとして載せられたのを残念に思って、戦《いくさ》に赴く前に俊成の門を叩いて、その怨みを陳《の》べたというようなこともある。そればかりでなく自分の歌について選者を怨むというようなことは随分ありがちの事である。同じ怨みでも一句の歌の主、すなわち作者が選者を怨むというようなところには、やさしいみやびたところがある。それが暮春の情とよく調和するところから、この蕪村の句は出来たのである。お岩が伊右衛門を怨むとか、ハムレットが叔父を怨むとかいうのは、物凄《ものすご》かったり気味悪かったりするだいぶ深刻《しんこく》な怨みであって、それは秋の暮とでもいう心持ちにふさわしいであろうが、この選者を恨む歌の主の怨みはそれほど深刻ではなくって、どこかに一点の艶《あだ》っ気《け》を存しておる、そこが暮春の怨みに相当するのである。こういう事が事実と季題との調和問題となるのである。俳句の季題というものは、そういう点に意を用いて適当な人事に配合するのである。忠度の俊成を訪うた時が暮春であったからだろうとか、何とかいう理由でこれを解釈しようとするのは趣味の方を忘れた解釈である。この前詠史の事を言った時に、新蕎麦《しんそば》は長田が義朝を殺した時の時候と違っていることを言って、それに頓着《とんじゃく》しないのがかえって句をよくしているという事を話したが、こういう場合も同じような心持ちで句を見るがいいのである。すべてこういう風の句は事実の穿鑿《せんさく》よりも趣《おもむき》より来るべきである。

領土出れば身に王位なし春の風　水巴

王位は人間の第一位と考えなければならず、また王位に在る人の幸福も思いやられるのであるが、いずくんぞ知らん、その位置に在る人になって見ると、その王位にあることが非常の苦痛で、どうかして暫《しばら》くの間なりともそれを離れて見たいような心持ちがする。この句は別に王位を退いたものとは見られぬが、とにかく自分の領土を離れて単に一人の旅人となれば、もう自分の身にはその王位はなくなって、いかにも気軽な一私人となったのである、折節《おりふし》時候は春の事であるから、うららかな春風はその一私人の衣を吹いて、心も身ものびのびとするというのである。

豪奢飽きて心に遊ぶ春日かな　水巴

豪奢の限りを尽くして、物質上の慾望は出来る限りの事をした。さてやはりこれでもう満足というところには達しないで、何か物足らぬものがある、この上はどうしたらいいか、ただ心の上の快楽を求めるより外に道がないと悟《さと》って、心に遊ぶというのである。心の快楽というのは、ものを遠方に求めるというのでなく、一輪の椿の花を見てもそれを味わう上に心の快楽を得る、ただ机に凭《もた》れているばかりであるけれども、油然《ゆうぜん》として楽しいのはやはり心一つに遊ぶからである、というような、そういう心の遊びである。贅沢《ぜいたく》の限りを尽くした人の最後の落著《おちつ》き場所である。それが貴い悟りであるかも知れぬ、また止むを得ぬ諦《あきら》めであるかも知れぬ。

出代《でがわり》のおのが膳拭《ふ》くなごりかな　青々《せいせい》

出代の事は前に言った。その時も言ったように出代の句には出て行く方の古い奉公人の方を詠じたものが多いのであるが、これもその一例である。これは女中で、いよいよ今日の午過《ひるす》ぎにお暇を貰うことと決まっていたので、主人らの昼飯が終って後ちに台所の片隅で自分の昼飯をもすませ、さて自分の膳として与えられたままに今日まで用いて来た古膳も、自分で洗って自分で拭《ふ》いて、それで一切の後片附《あとかたづけ》を終って、その膳を拭いたという事を最後の名残りとして――いよいよ出て行くというのである。自分の膳を拭いてそれを名残りとして出て行くという所に淋しみもあわれもある。

出代の今や来るかと飯時分《めしじぶん》　格堂

これは新しく来る方を詠じたもので、新しく来るはずの傭人《やといにん》は一向来ない。もう来そうなものだと待ち兼ねている光景で、折節《おりふし》飯時分になった、それにつけて来るのが遅いことである、ということである。

出代に教ゆ調度の置所　寒楼《かんろう》

これも新しく来た方のことを言ったもので、これは中働《なかばたら》きといったようなものらしく、この硯箱《すずりばこ》はここに置くことになっている、この抽斗《ひきだし》にはこういうものを入れることになっている、あれはそこ、これはここ とそれぞれ道具類の置場所を教えるというのである。前の格堂の句は飯時分とあるところからほぼ台所の女中の事を想像し、この句の方は調度とあるところから中働きを聯想《れんそう》するのである。

出代に早く親《した》しむ子供かな　五城《ごじょう》

前の嵐雪の句は、稚心《おさなごころ》に出て行く傭人のものあわれを感じたことを詠じたのであったが、この句はその裏で、新しく来た傭人に子供というものは慣れやすいもので、早もう親んでいるのを詠じたのである。これもなかなか考えようによれば人生の哀れさを覚えさせる句である。去る傭人をあわれがる子供があわれか、来た傭人にすぐなじむ子供があわれか。どちらかとも言い兼ぬるのであるが、大人の目から見るとかえって後者の方がよけいに物あわれなような心持ちもするのである。

出代や父が年貢《ねんぐ》のとゞこほり　吾空《ごくう》

これはまた小説的の趣向を言ったもので、父の年貢が滞ったがために娘は奉公に出て、その幾分を助けることになったというのである。年貢が滞ったために初めて奉公に出たのでなくって、すでに奉公に出ている娘のその貧しい実家では、今度父の年貢が滞ってさらに窮迫を重ねておる、その場合その娘は今までの奉公先はひまが出て今さら新たに他の家に奉公すると言ったような場合を言ったものとしてもいいのである。要するにその出代る女の身の上を詠じたのがこの句の趣向である。この句の場合はこの女が出る方か入る方かは、たしかにどちらという事は出来ない。ただそういう境遇にいる女と見ればいいのであるから、つまり出代という言葉によって傭人という事を現し、同時にその傭人の身の上に変動のある出代の季節であることだけを描き出したものとすればよいのである。またこれは女に限ったことはあるまい、男でもいいではないかという説があるかも知れぬが、その父の年貢のとどこおりにたいして手助けにもならぬというような心持ちがどこか言外に在るところが、どうしても倔強《くっきょう》な男よりはかよわい女の方に想像されるのである。近松の『道中双六《どうちゅうすごろく》』に在る馬方三吉《うまかたさんきち》の情婦の父は年貢の滞りで水牢《みずろう》に這入《はい》っているとある、何だかそういう聯想もどこやら在るような心持ちがするのである。

女夫《めおと》して住持酔はしぬ花に鐘　几董

これは夫婦《めおと》連れで寺へ花見に行って、もとより酒肴《しゅこう》持参の事であるから、どちらが主人やらわからぬようなわけで、その夫婦がとりどりにもてなして、住持を酔わした。折節入相《いりあい》の鐘が花の梢《こずえ》に響き渡った、というのである。この住持はもとより徳のある坊主らしくも受取れぬ、一言でいえば生臭坊主で、夫婦のいたずら半分の勧めに、前後不覚に酔ってしまったのであろう。梵鐘《ぼんしょう》は是生滅法《ぜしょうめつぽう》と響いたところで、坊さんは酔い倒れてしまっているというようなわけであろう。もっとも「女夫して……酔はしぬ」とある句法から見ると初めは住持の方はそれほど箍《たが》を外《はず》していなかったのを、女夫してついに酔わしてしまったというような、多少強迫的なところも見ゆるのである。が、いずれにしたところで有徳《うとく》の知識とは申されぬのである。寺へ酒肴持参の花見も異《い》なものである。これは檀那寺《だんなでら》の和尚さんを自分の家へ呼んで酔わしたものであろうという人があるかも知れぬが、特に下五字に「花に鐘」と置いたところから言っても、また「僧」とか「和尚」とか言わずに、「住持」と言ったところから言っても、どうしても寺ということをその光景中に描き出したくなるのである。天明時代にもそういう事実はよくあったことではあるまいか。今の世の中には勿論《もちろん》ある。

花火尽きて美人は酒に身投げけむ　几董

これは花火見の夜の光景で、東京でいえば両国の川開きの夜というような時、花火の盛んに上っている時分はまだそうでもないが、もう花火が終って後は、今度は酒もりが盛んになって、宴に侍しておる美人はついに酒の中に自分の身を投げるぐらいに盛りつぶされてしまうであろうというのである。芸妓《げいぎ》のようなものの境界を言ったのであるが、その芸妓が酒に身を投げるぐらいであるから、客の方はもとより言うまでもないことである。要は花火の後はいかに乱脈の酒宴が到るところに行われるか、想像に余りがある、というような句である。几董は蕪村の高弟で、天明の其角を以て任じ、酒を嗜《たしな》んでおったとかいう事があるから、こんなに酒の句が多いのであろう。

蜂花に入りて落ちけり赤椿　牛眠

物狂わしいように蜜を尋ねて飛び廻っている蜂が、一つの赤椿を見つけて、その花の一つの中にぶんぶんうなりながら這入《はい》って行った、その時、その椿の赤い花は、ぼたりと地上に落ちたというのである。椿の花に限って、俳句の方では散るといわずに落ちるという。これはよく椿の花の性質を現したもので、あの大きい花が、一弁《ひとひら》ずつ散るというようなことなしに、ボタリと落ちる、そこに他の花にない趣がある。木蓮《もくれん》の花なども弁の厚ぼったく大きいところは椿の花によく似ておるが、それでも地上に落ちた時は崩れてしまっていて、紫や白の花片があちこちに散らかっているのであるが、それが椿になると、大概花全体が固まったままで、まだ白は白、赤は赤と美しい色をしながら地上に落ちるのである。この落ちるという言葉のうちに固まって大きく形をなしていること、地上に落ちた時にある音を発するような心持ち等が聯想される。

赤い椿白い椿と落ちにけり　碧梧桐《へきごとう》

そこに二本の椿の木がある。甲は白椿、乙は赤椿というような場合に、その木の下を見ると、一本の木の下には白い椿ばかりが落ちており、一本の木の下には赤い椿ばかりが落ちておる、それが地上にいかにも明白な色彩を画して判《はっ》きりと目に映《うつ》るところを言ったのがこの句である。この句でも落ちるという字から、ぽたぽたとあの大きな花が重なり合って重げに地上に落ちている光景が聯想されるのである。これが「赤い椿白い椿と散りにけり」では、椿らしい心持ちはしないのである。

花二つ重り落ちて椿かな　竹奴

前の句はあちらに一団、こちらに一団と落ちている景色を言ったのであるが、この句は二つの花が重なり合って落ちているという、極《ご》く狭いある格段な場合を言ったのである。これも木蓮とかその他梅とか桜とかいうようなものなら、花になって二つ重なるどころか、一つの花が散り散りになってしまうのであるが、崩れずに形を備えたまま地上に落ちる椿の花であればこそ、かく特別な場合を見出し得たのである。またこういう光景はよく見ることである。

音のして椿落ちたる笹の中　鬼《き》史《し》

これはまたその椿の落花の重たいことを音で現したので、あの大きな花が形を備えたままで落ちて来る、それが下に笹の生えているところであったので、ばさと音がして落ちたというのである。これも椿の落花を一方面から叙したのである。

ぽつたりと椿落ちけり水の紋　橡面坊《とちめんぼう》

これもやはり音を現したことは前句と同様であって、下に池か川かその他何らかの水たまりのある上に椿の花が落ちた。重い大きな花であったので、ポッタリという音がした、というのであるが、前句と異なるところは、同時に目に映る景色の活動を描いたところに在るので、その水の上に音をして落ちると同時に波皺《なみしわ》が出来て、その椿を中心にして周囲に拡がって行くというのである。

流れ得ざる水の淀《よど》みの椿かな　子規

この句は前句のように水上に落ちたる椿の花が、流れに従って流れて行くうちに、その水の淀んでいて十分に流れぬところに来た。そこでは水上に浮いたまま、やはり水と共に淀んでいる光景を言ったのである。桜その他の花でもこういう光景はよく見るところであるが、それが大きい目立たしい椿の花であるところに、明瞭なる印象を受けるのである。

活け下手《べた》の椿に彼方《あちら》向かれけり　蓼《りょう》太《た》

これは落椿を言ったのではないが、やはり椿の花の目立たしい心持ちは前句と同じことである。すなわち花生《はない》けに椿の花を生けようとする場合に、手並《てなみ》が上手でないために、椿の花が正面を向かずに向うを向いたというのである。これも椿の花に限らず、どの生花《いけばな》にもよくあることであるけれども、あのものものしげな大きな花であること——椿の花の重いこと——椿の花の向うに向いたという事の目立つ事——等が特にこの花について言ったのである。この蓼太というのは天明時代の名高い俳人の一人で、彼《か》の嵐雪の何代目かの後継者になっているのであるが、蕪村などに比《くら》べると名高い割に句は上手ではなかったのである。才智は縦横であったようだが、趣味の上においてだいぶ劣っておったようである。この句のごときも、「活け下手」という言葉も俗臭があり、椿を擬人法にして、下手の力の及ばぬままに椿の花に向うに向かれてしまったという風に叙したところも気が利《き》いていてかえって厭味になっている。天保時代の梅室《ばいしつ》、蒼虬《そうきゅう》あたりの句を月並調《つきなみちょう》と言って排斥するのであるが、天明時代のこの蓼太の句などに、すでにその傾向は多少見えていたのである。この句のごときも天保時代の句に比すれば、なお多少雄健なところがどこかにあるけれども、決して讃すべき句ではないのである。俳句では芭蕉を中心とする元禄時代、蕪村を中心とする天明時代を宗《むね》とすべきである。

春の水背戸《せど》に田作らんとぞ思ふ　蕪村

春の水の汪洋《おうよう》として湛《たた》えている趣は豊かないい感じのあるもので、いつも見慣れた背戸ではあるけれども、かくまでに春の水が満ち満ちているところを見ると、ふと田でも作って見ようかという気になるというのである。この句は蕪村として決していい句ではないけれども、前の蓼太の句よりは句の品格がいいのである。蓼太の句は趣向が必ずしも悪いというのではないが、「生け下手」とか「椿に向うに向かれた」とかいう句法の上に欠点があるために、品格の悪いものになってしまっている。この蕪村の句は、趣向が必ずしもいいというのではないが、「背戸に田作らんとぞ思ふ」という風に調子が賤《いや》しくないために、句が一等上になっているのである。この調子というものは大事なもので、言葉つきで人間の品格が隠されぬのと同じことで、句の調子で自然にその品位は決まるのである。これは句を作る人も大《おお》いに注意しなければならぬことであるが、また句を見るものもよほど心に掛けて見分けねばならぬのである。ちょっと一読して見て、面白いことを言っているとか、旨《うま》く穿《うが》っているという点からいえば、この蕪村の句よりも前の蓼太の句の方が遥《はるか》に上かも知れぬけれども、春水《しゅんすい》というものの趣――春水満ツ㆓四沢ニ㆒というような趣――を味わって、その趣に根底を置いた点をいえば、蓼太のちょっとしたところに眼をつけたのよりはだいぶ深いところがあるのである。

磯山や小松が中を春の水　几董

几董は前にも言ったことのある通り蕪村の高弟で、やはり蓼太などよりは句は上手である。海岸近い磯山の小松が生えている中に、春の水が流れておるというだけであるが、磯山という所からどことなく清浄な感じがある、中に小松ばかりが生えていて、他の雑木《ぞうき》を交《まじ》えぬところにまた一層潔い心持ちがある、その中をちょろちょろ、春の水が流れておるというので、この句は春水の美しさを生かしたのが主眼となっておる。蓼太の句のような巧みさはないが、素直《すなお》に趣を専一とした句である。

近江路《おうみじ》や何処まで春の水辺なる　月居《げっきょ》

これは琵琶湖の光景で、東海道の道中でもする時分に近江路を歩いておると広々とした琵琶湖は霞を棚引《たなび》かせて際涯もないように春の水を湛《たた》えておる。あの大きな琵琶湖のことであるから、近江路を歩いておる間はほとんど琵琶湖を離れることがないぐらいである。全体この水はどこまで続いているのであろう、というのである。「何処まで春の水辺なる」という辺りに調子の巧みさはあるけれど、やはり趣を専一とした句で、ちょっと人をあっ、と言わせてやろうというような賤《いや》しい巧みはないのである。この作者月居もやはり蕪村の高弟の一人である。

源は柳なるべし春の水　蓼太

それが蓼太になると、やはり気取った作り物のような句になるのは、この句などはいい例である。春の水の美しく流れているところを見ると、この水の水上《みなかみ》が芥《あくた》や小石などの間から湧《わ》いている水とは思えん、多分水上は柳の木のある辺から湧いているのであろう。この春の水の柔い味のあって美しいところは、木でいえばまず柳の糸のなよなよと青みがかっているものと似通っているから、是非そう想像をつけねばならんというのである。これらはちょっと考えるとやさしい考えのようであるけれども、ものに拘《こだわ》り過ぎた俗な思想であって、いくら春の水が美しいと言ったところで、その水上が柳の木から流れ出ているであろうというのは理窟である。実際また落葉や芥や小石やらの間から、ちょろちょろと流れ出ているところに実際の美しさはあるのであって、それが是非糸を垂らしておる柳の木の下からであるように解するのはいわゆる月並である。ことにこの句の最も大きな欠点というのは「柳なるべし」という言葉で、一応、柳の木の下から流れ出ている、という風に解釈して見たけれども、よく考えて見ると「柳なるべし」というのは曖昧な言葉で「水上は柳だろう」というのは厳密にいえば何のことやらわからぬのである。「柳なるべし」というので「柳の木の下から流れ出ているであろう」と解するのはむしろ解するものの無理かも知れないのである。しいて解釈すればあるいはこう解釈することが出来ないでもない。ここに流れているのは水である、しかしこの水上を探り探って行くとそれは一本の柳かも知れん、今目に水と見られるところのものも、ずっと水上に探り上《のぼ》れば水ではなくって一つの柳の木かも知れん、柳の糸のなよなよと枝垂《しだ》れているのが地上に垂れて、それが水になって、その末がかく流れになっているのかも知れん、とそんな風の意味とも解釈の出来ないことはないのである。いな恐らく作者も、またこの蓼太時代の蓼太の崇拝者もそんな事は穿鑿《せんさく》せずに、ただ春水から柳を聯想して水上は柳だろうと言った、そこに一種の思いつき——巧み——があるものとしたものかも知れぬ。蕪村、几董、月居などの句と比べて見るといかに力の入れどころに相違があるかという事がわかるであろう。前に俳句というものはわずかに十七字で簡単な字数であるから二様にも三様にも句意が解釈される場合があるという事を言ったけれども、しかしこの句のごとく曖昧なことを承知の上で叙したようなのは好ましくない。一種の誤魔化《ごまか》し句と言われても弁護の余地がないのである。そこの区別はよほど注意しなければならぬ。

春の水山無き国を流れけり　蕪村

春の水がゆったりと流れおる光景を言ったもので、山なき国というのは日本ではやや空想に近い言葉ではあるけれども、まず平原の続いた広々とした国と見ればいいのである。その山のないような広々とした国を流れている川は、折節《おりふし》春の事であるから雨がしばしば降り、今まで涸《か》れておった冬川と反対に沢山の水を湛《たた》えおるというのでである。広々とした平野を汪洋《おうよう》と長く流れおる春の水の光景は、のんびりしたいい感じである。

足弱《あしよわ》の渡りて濁る春の水　蕪村

春の水は春夏秋冬四季の水の中でいえば最も女性的なものである。優し味もあれば美しさもある。そこで足弱――女の事――が渡っても、その春の水はやさしく濁るというのである。ちょっとものが障《さわ》っても抵抗力がなく、すぐしなうというようなところに女性的なところがある。春の水もそのように女性的で抵抗力がなくって、あの足弱が渡っても、そのために早濁るというのである。反言すれば強い男の猛者《もさ》などが金《かね》の草鞋《わらじ》などで踏みにじるのならば濁るのももっともであるが、あの足弱が渡っても濁るところはどうしてもやさしい春の水である。この句などは優しい春水を詠ずるのにやや理窟に堕《お》ちかけたもので、蕪村の句のうちでもいい方とは言えないのである。「水上は柳なるべし」ほどではなくってもややそれに類する嫌いがあるのである。

小舟にて僧都《そうず》送るや春の水　蕪村

僧都といえば僧正というのにつぃだ位の僧の事、その身分ある僧都のどこかへ行くのを送るのに、大きな舟ではなく小さい船で送るというところに、春水のやさしみと調和するところがあるのである。ことにこの僧都は天台とか真言とかの美しい緋《ひ》の衣《ころも》でも着た坊さんであろうから、それが春の水の上に浮んでいるところに、美しさの上の調和もあるのであろう。この句は足弱ほどではないけれども、ことに春水に拘泥《こうでい》して小舟と言ったり僧都と言ったりした痕跡があって、どこやら作りものらしい感じがするところがある。蕪村集中の佳句の方ではない。

昼《ひる》舟《ぶね》に狂女のせたり春の水　蕪村

謡曲『隅田川』の狂女を画《え》にしたような句である。舟に狂女が乗ってそれが春の川に浮んでおる、というのである。ことに昼舟と断ったのは、朝でもなく夕方でもなく――勿論夜でもなく――春の日永《ひなが》の頃の、しかも真昼中《まひるなか》であるというところに、一層ゆったりしたような心持ちを含ませたものであろう。物狂《ものぐるい》といいながらも、そう乱暴をするような狂女ではなくって――たとえば謡曲『隅田川』の狂女のように、都鳥の問答をしたりするようなやさしい狂女であって――それが川を渡るためか何かで舟に乗っている、その女が普通の女と違うところに、かえってゆったりした心持ちがある。それが前いうように昼間であるということが、いよいよその心持ちを強めるのである。前の僧都の句と似寄った句であるけれども、こちらがいくらか作りものであるという痕跡が少ないかとも思う。しかし程度もまず似寄った句であって「昼舟」というのも不熟である。

重箱《じゅうばこ》を洗うて汲むや春の水　蕪村

これは些細《ささい》な人事を詠じたものであるけれども、前の二句などに比すればよほど自然である。どこか水辺に野遊びに行った時か、もしくは舟遊びをしている時かの光景で、携《たずさ》えて行った行厨《こうちゅう》を開いて楽しい昼飯を食った、その御馳走の空《から》になった重箱をすぐそこの水で洗って、その重箱に水を汲み上げた、というのである。野遊びなどに行ったことのある人は必ず実見したことのあることで、その重箱に汲み上げた水をすぐ飲むか、もしくは土瓶《どびん》にでも入れてわかして飲むか、いずれにしても、今ものを洗った水をすぐその洗った器で汲み上げて飲むというところに、野遊びらしい暢気《のんき》な心持ちも十分にあるし、またその水の美しさも思いやられるのである。この句のごとき事柄は前の二句に比《くら》べてむしろ些事《さじ》であるけれども、作りものらしい痕跡がなくって、自然の趣を得たことにおいてははるかに上位に位しているのである。好句の一たるのを失わない。

橋なくて日暮れんとする春の水　蕪村

ある川に出た。是非この川を渡らねばならぬのであるが、ちょっと見たところではどこにも橋がない、それにもう日暮であるから、ぐずぐずしていると日が暮れてしまう、そういう時の光景である。けれどもこれが秋の日の釣瓶《つるべ》落《おと》しというような時だと、そういううちにも日が暮れてしまうのであるけれども、「暮遅し」という言葉のあるような春の夕暮のことであるから、そうは言いながらもなかなか容易に暮れてはしまわない。そこに流れている水も春の水でやさしく静かに流れている。そう差し迫った心持ちがしない。そのゆったりした感じが十分によく出ているのである。この句のごときは趣向も下鄙《げび》ておらず、趣も自然であるし、たしかに好句である。

人音にこけ込む亀や春の水　太祇

太祇も天明の俳豪の一人で、蕪村よりはむしろ先輩で、しかも蕪村の友人であった。几董の句などは蕪村の感化を受けたと同じ程度に太祇の感化も受けているように見える。この句は春の水のほとりを歩いていると、今まで岸辺に出て遊んでいた亀が、その足音に驚いて逃げようと走りかけたが、あの大きな甲羅《こうら》を持っている亀のことであるから、素早く逃げることが出来ず、自分の重みでころころと水の中へ倒け込《こ》んでしまったというのである。長閑《のどか》な春の水の趣も一方に想像されるが、しかしこの句のごときはその亀を描いたところに特色があって、いかにも亀らしい心持ちのするところに面白味がある。

我事《わがこと》と泥鰌《どじよう》の逃げし根芹《ねぜり》かな　丈草《じようそう》

この句を芭蕉が丈草出来《でか》されたりとか何とか言って讃《ほ》めたという事である。この句は根芹を摘《つ》もうとして水の中に手を入れると、そこにいた泥鰌が、驚いて逃げたというのを、自分がどうかせられるのかと思って逃げやがった、という風に叙したところにおかしみがあるのである。泥鰌にはよく見る光景を捕えてはいるのであるが、しかし、「我事と」という作者の主観でおかしみをつけているので、まだどこか句に幼稚なところがあるが、前の太祇の句になると「こけ込む亀」と言って亀の行動を客観的に叙していて、しかもおかしみを十分に備《そな》えたところに、この丈草の句よりは一歩を進めたところがある。

行舟《ゆくふね》に岸根をうつや春の水　太祇

また太祇の春の水の句に戻って今一句この句を解釈しようならば、春の水に浮んでいる一艘《そう》の舟が水上を漕《こ》いで行くと、その水面に起った波動がしまいに岸まで及んで、その岸根をちゃぶちゃぶと打つというのである。これは春の水の美しいとか艶《つや》があるとかいう方よりは、静かな心持ちを言ったものであろう。その舟が行く以前は鏡のごとく静まり返っていた水が、はじめて舟によって波を起して、その波が及び及んでついに岸根を打つというのである。

城外や水春にして四方《よも》の船　水巴

ある城がある。その城の外に大きな川があって、そこには諸国の船が集まって来ている、というのである。繁華な城下のある光景を捕えたものである。「水春にして」

という言葉などは明治になってことに多く使用されるようになったものである。この意を延べて言えば、水ばかりでなくすべて春の光景であるけれども、ことに水の景色も春らしい色を帯びて、とでもいうのである。春になれば人の心も動き始め、すべてのものが活溌《かっぱつ》になる。城外の川に集まって来る諸国の船も従って多くなって来たのである。この句のごときは春水の盛んな趣を言ったのである。

春水やいくつ舟出す三井《みい》の僧　　水巴

これも近江の琵琶湖を言ったもので、春になって三井の僧が舟遊びをするためにある日湖水に舟を浮べた。一艘一艘と漕ぎ出て行くところを見ていると、もうおしまいかと思うのにまた一艘漕ぎ出して行った。全体何艘舟を出すつもりなのだろうと言ったのである。三井の僧の盛んな遊びを叙したのである。この句も春水の盛んな光景を捕えたものである。

競漕の旗ひたりけり春の水　　墨水

これは隅田川のボートレースを叙したものであろう。春の水の上に何艘かのボートがほとんど沈むかと思うように舳《へさき》を水に突込んで、速力を競《きそ》って漕いでおる、その一つ一つのボートに在る旗が、いろいろ違った色をしているのであるが、そのうちの一艘のボートの旗は、水の中にひたっているというのである。その旗の水にひたってい るところを見つけたところに、春水に親しみあこがれるような作者の心持ちは現れておるのである。これらは春水に対する作者のなつかしみというようなものが、主な背景をなしておるのである。

地震《ないふ》って春の沢水溢《あふ》れけり　青々

地震のために急に水が吹き出したり、また水が涸《か》れたりすることは随分よくあることであるが、しかしこの春水は必ずしもその地震が原因というわけでもあるまい。折《おり》節《ふし》地震がゆった、その地震もそう烈《はげ》しい地震ではなかった、野沢の水は春になって一面に充《み》ち溢れているというのである。こう考えると、地震もまた景色の一つをなすのみで、春の野沢の水の溢れ充ちてある光景に、さらに一つの景色を添えたことになるのである。すなわち畏《おそ》るべき地震もまた豊かな春の野の一点景物となるのである。水巴の句以下は現代の句である。これを以て見ても、今日の句は必ずしも天明時代の句に劣っていないことがわかるのである。

下ろし置く笈《おい》に地震《ないふ》る夏野かな　蕪村

この句も地震を詠じたものである。ある修行者のようなものが、笈を負うて夏野を歩きつつあったのが、そこに笈を下ろして休んでいると、その時地震がゆったというのである。「笈に地震る」とあるから、その笈が地震のために少し動くのも目に映ったのであろう。この地震も恐らく大きな強震ではなく、ああ地震がゆると言ううちにその笈も少し動くのが見えると言ったような光景であろう。草木なども茂って勢力のうちに籠っているような心持ちのする夏野が、わずかに地震によって力を上部に現したような感じがするのである。その点から言ってもこれが大きな地震であると、かえって夏野の大きなゆったりした感じを殺《そ》ぐのである。体も大きいし容貌も魁偉《かいい》で声音も太いという人が、別に大きな声も出さず、わずかに微笑をしたところに、かえって偉大な感じを起すのと同様である。

行々《ゆきゆき》てこゝに行々《ゆきゆく》夏野かな　蕪村

これも夏野の大景を言ったもので、どこまで行っても広々とした原野で、なかなか果てしがないことを言ったのである。行って行ってまた行って行って、現在もまだ歩きつつあるのであるが、やはり夏野を越し切らないというのである。「行々てこゝに行々」というような畳句《たたみ》が一層その果てしなき夏野の力を強めているのである。前に調子のことをちょっと言ったことがあったが、この句のごときは調子によって趣を助けている一例と言っていいのである。

たえず人憩《いこ》ふ夏野の石一つ　子規

これも夏野の広々とした感じである。夏野の中に道があって、その道のほとりに一つの石がある。その石は丁度適当な場処に在って、適当な形をしているためにそこを通る旅人はよく休む。一人の旅人が休んで立去ったと思うと、もうそこに他の旅人が休んでおる。――時としては二人も三人も休んでおることがあるかも知れぬ――何にしてもその石の上に旅人の絶えたことがないというのである。夏野の道を旅人の小止《おや》みなく通っていることも聯想さるれば、その石を唯一の休み場処とする夏野の広々とした光景も覗《うかが》われる。この句もまたこの切字《きれじ》のないような一直線な叙法が、旅人のいつも絶えずにそこに休んでいることを聯想さすに十分の力を持っているのである。この句の作られた時から今日までもまだその野中の石には、いつも入り交《かわ》り立ち交り旅人は休んでいるような心持ちがするのである。

夏野尽きて道山に入る人《じん》力《りき》車《しゃ》　子規

夏野を人力車で越していると、随分長い夏野の路《みち》ではあったけれども、漸くもう野を越えてしまって、それから道がまた山に入るようになった、人力車はやはりその山路を通るべくそこへ引き入った、というのである。これらは夏野を正面から描かず、広い夏野は遠景の方にぼかしてしまって、目前の景色はその夏野の果になって、これから山路にかかろうという所に、一人の旅人を乗せた人力車を描き出したのであった。人力車が夏野を過ぎて山路にかかるところに、よく旅で出会《でつく》わす情景が浮び出るのである。この句は夏野を正面に描いていないにかかわらず、やはり夏野の広大な感じは想像されるものである。

実《さね》方《かた》の長《なが》櫃《びつ》通る夏野かな　蕪村

蕪村は夏野というような大景を句にすることにおいては、たしかに儕輩《せいはい》に卓越しておった。太祇や几董などにはこの種の題の句はあまり沢山なく、あってもそれほど自由でないが蕪村は自由である。ここらが蕪村の大家たるところであろう。そこで今一句蕪村の夏野の句を解釈して他に移ろう。この句は実方中将が、宮中で物争いをしたために「歌枕見て来れ」というような勅諚《ちょくじょう》の下に東北の方に追いやられ、仙台近くの笠島《かさしま》というところまで行って、落馬したのがもとで死んだというその憐れな故事を材料にしたもので、とにかく公卿の旅行の事であるから、その旅荷物として長櫃ぐらいはあったろう、その長櫃が、とぼとぼと実方の夏野を歩いて行くあとについてやはり夏野をかくれて行くというのである。前《さ》きの『隅田川』の狂女の句と同じように、こういう歴史的の句を作るという事もまた作者の一技倆《ぎりょう》ではあるが、しかし下手《へた》にやると見られぬものになってしまう。まず蕪村などは比較的上出来の方と言ってよかろう。

笠島やいづこ五《さ》月《つき》のぬかり道　芭蕉

この句は『奥の細道』中に在る句で、次のような文章がある。「奥州名取の郡《こおり》に入りて中将実方の塚はいづくにやと尋ね侍《はべ》れば、道より一里半ばかり左の方笠島といふ処にありと教ふ。降り続きたる五月雨《さみだれ》いとわりなく打過ぐるに」すなわちこの文章にある通り、旅行のついでに芭蕉はこのあわれなる歌人のあとを弔《とむら》おうと思ったけれども、何分五月雨が降りしきって不本意ながらも行けなかったのである。さて句意は、笠島はどこら辺であろう、その方向を見渡して見るとただ五月雨のぬかり道が見えるばかりであるというのである。実方中将の句にはなお次の一句がある。

実方中将の墓にて

君が墓筍《たけのこ》のびて二三間　子規

この句は作者が「はて知らずの記」と題する紀行文をものした奥羽行脚《あんぎゃ》の時の句である。同じく夏ではあったけれども、芭蕉と反対に親しく笠島に実方中将の墓を弔《とむろ》うて触目《しょくもく》した光景をそのまま言ったのである。実方中将に向っていうような心持ちで、君の墓には二、三間にも延びた筍が突立っておるというのである。「はて知らずの記」にはこの句は載っていない。あとで作ったものか、あるいは収録するに足らぬ句として入れなかったものか、いずれかであろう。「はて知らずの記」の文章をここに引用して置くことは無用の事でもあるまい。

巡査一人草鞋《わらじ》にて後より追附かれたり。中将の墓はと尋ぬれば我れに跟《つ》きて来《こ》よといふ。道々いたはられながら珍らしき話など聞けば病苦も忘れ、一里余の道はかどりて其《その》笠島の仮住居《かりずまい》にしばし憩ふ。地図を開きて道程細かに教へらる。いと親切の人なり。野径《のみち》四、五町を過ぎ岡の上杉暗く生ひこめたる中に一古社あり。名に高き笠島の道祖社なり。京都六条道祖神の女の商人に通じて終《つい》にこゝに身まかりたりとかや。口碑固《もと》より定かならず。

われは唯旅すゞしかれと祈るなり

杉の中道横に曲りて薬師の堂を下れば、実方の中将馬より落ち給ひし処大方こゝらなるべし。中将は一条天皇の御時の歌人なり。ある時御前にて行成卿の冠を打ち落しゝより逆鱗《げきりん》にふれ、それとなく奥羽の歌枕見て来よと勅を蒙《こうむ》り、処々の名所を探りて此処にかゝり給ひし時、社頭なれば下馬あるべきよし土人の申しゝに、扨《さて》は何の御社にやと問ひ給ふ。土人しかぐ\の旨《むね》答へしかば、そは淫祠なり馬下るべきにも非《あら》ずとて阪《さか》を上り給ひしに、如何《いかが》はしたまひけん馬より落ちて奥州の辺土にあへなく身を終り給ふとぞ聞えし。田畦《たあぜ》数町を隔てゝ塩手《しおで》村《むら》の山陰に墓所あり。村の童《わらべ》にしるべせられて行けば、竹藪の中に柵もてめぐらしたる一坪許《ばか》りの地あれど、石碑の残欠だに見えず。唯一本の筍誤つて柵の中に生ひ出でたるが丈《たけ》高く空を突きたるも、中々に心ある様なり。其側に西行の歌を刻みたる碑あり。枯野の薄《すすき》かたみにぞ見ると詠みしはこゝなりとぞ。ひたすらに哀れに覚えければ我行脚《あんぎゃ》の行末を祈りて、

　旅衣ひとへに我を護りたまへ

　塚の入口のかなたに囲はれたる薄あり。やう〳〵一尺許り生ひたるものから、かたみの芒《すすき》とはこれなるべし。云々。

この筍の句がいかなる光景を詠んだものであるかという事は、この文章と照し合わして見ると一層よくわかるのである。芭蕉の句が五月雨《さみだれ》の句であったのを縁にして、元禄以来の五月雨の句を少し評釈して見よう。

五月雨《さみだれ》をあつめて早し最上川《もがみがわ》　芭蕉

これもやはり『奥の細道』に在る句で、折節《おりふし》五月雨の降る頃であったので、最上川の水勢を増してもの凄《すご》い勢で流れているのを詠じたのである。降り続く五月雨のために水嵩《みずかさ》の増しているのを「五月雨をあつめて早し」と言ったのである。山嶽の多い国原に降る五月雨をこの最上川だけに集めているような感じがするところに、この句の強味《つよみ》があるのである。

五月雨の雲吹きおとせ大井川　芭蕉

これも大河と五月雨との配合であるが、大井川は人も知るように昔東海道でよく川止めなどのあった難所の一つ。その大井川に芭蕉が行った時に、あたかも大変な出水《でみず》で、いつ五月雨が晴れそうにも見えぬので、どうか晴れてくれればいいと祈る心から、五月雨を降らすその雲を大井川の中へ吹き落としてしまえと言ったのである。そうすれば空が晴れて、雨も止み自然この出水もなくなるであろうというこころである。以上二句は芭蕉の五月雨の句としてよく壮大な句の例に引合いに出されるのである。

五月雨に家ふり捨てゝなめくじり　凡兆

これは五月雨の大景というよりは、むしろ小景を見出したのである。五月雨の降る中をなめくじりがよく出歩いているのは人の見る通りである。木の幹などはいうに及ばず窓の縁《ふち》や縁側《えんがわ》や時としては鴨居《かもい》までにおる、なめくじりは雨を喜ぶあまりに自分の栖家《すみか》もふりすてて高歩《たかある》きをしておるというのである。この句の場合は右の家の中などにいる場合ではなく、竿の先とか竹垣とか、その他雨の降り灌《そそ》ぎつつある中を出歩いている場合であろう。

髪《かみ》剃《そり》や一夜に錆《さび》て五月雨《さつきあめ》　凡兆

五月雨の降る頃はすべてものが錆びやすい。砥《と》ぎすました剃刀が一夜の間に錆びてしまったというのである。これも五月雨の大景を見出したのではなく、小さいある事実をつかまえて来たのである。けれどもこの句も前の句もその小さい事実を通して五月雨の降り続いている湿《しめ》っぽい天気が十分に想像が出来る。

馬《うま》士《かた》の謂《いい》次第なりさつき雨　史《ふみ》邦《くに》

これは五月雨の降る中を歩いていた旅人が、ついに道の悪いのに堪《た》えかねて馬に乗った場合の句である。こちらの足許を見すかされているのであるから、万事馬方の言いなり次第で、賃はもとよりの事、急ぐ旅であってもどこかの茶店で暫く休むといえば、それも聞入れねばならず、その他万事客でありながら少しも頭が上らぬのを言ったのである。雨中の困難というような事がこの句の背景となっているのである。

縫物や著《き》もせでよごす五月雨　羽《う》紅《こう》

羽紅というのは凡兆の妻だという説がある。尼羽紅とあるところから見てもとにかく女には相違ない、この句も女らしい句である。縫物をどういう風にした場合かという事はこれだけではわからぬが、あるいは風《ふ》呂《ろ》敷《しき》にくるんで雨中持って歩いておるような場合でもあろうか。何にせよまだ着物として手を通しもしないのに五月雨のためよごしたというのである。五月雨のために天も地も家の中も湿っぽくなってしまったような心持ちで、新しいと言ってもまだ着物にも仕上らない縫物にまで泥をつけた、といって嘆息するのである。以上は皆元禄の五月雨の句である。

五月雨や夜半《よわ》に貝吹くまさり水　太祇

それが天明になるとまずこの句のようなのがある。五月雨のため水嵩《みずかさ》が増したと言って、沿岸の民家を警戒するために夜中に法螺貝《ほらがい》を吹き立てるというのである。これは随分今日でも見る光景であって、たとい法螺の貝を吹かぬにしても、半鐘《はんしょう》でも乱打《らんだ》して人の眠りを驚かすのである。

つれぐと据風呂《すえふろ》焚くや五月雨　太祇

この句は前と反対の暢気《のんき》な句で、毎日々々雨が降って退屈しておるのに、今日もまた降り続いて退屈で仕方がない、そこで仕方なしに据風呂でも焚いて這入《はい》ろうというのである。碁《ご》をうつにも相手がなく書物を読むにも鬱陶《うっとう》しい、その上着物も畳もすべて湿《しめ》っているようで気持も悪いから据風呂でも焚いて湯に這入ろうとするのである。

塩《しお》魚《うお》も庭の雫《しずく》や五月雨　太祇

塩魚を梁《はり》か何かに吊《つ》って置いたところが、連日の雨で空気が湿っているのでその塩魚の塩が溶けて土間の上にポタポタと雫が落ちるというのである。天気がよければからからになっている塩魚が、雫になるまで湿っぽいというのは、五月雨頃の鬱陶しい心持ちをよく現しておると言ってよい。

五月雨や大河を前に家二軒　蕪村

太祇の句は五月雨という壮大なものを捕えて来ても、むしろそれを人事に持って来て――小景として取扱ったことは、元禄の凡兆などと似たところがあるが、蕪村はやはり大景を捕えて来ている。その点が元禄の芭蕉に似ておると言ってよい。それらの点から芭蕉、蕪村と併称してもいい資格の一つである。この句は五月雨の降る頃、そのために水嵩《みずかさ》の増しておる大河を前に控えて家がただ二軒あるというのである。物凄《ものすご》いほど水が増して轟々《ごうごう》と濁水が漲《みなぎ》り流れておるその堤《つつみ》に沢山の家もあることか、小さい藁葺《わらぶき》の小家がただ二軒あるばかりだというので、その川の壮大な力強い感じと、それを控えて平気な顔をしている二軒の家の心細いような、しかもどこやらそれに堪《た》えて力強いようなところが現れているのが、この句の力となっているのである。これが沢山の大きな家が並んでいるのであると心丈夫らしくって、かえってその川水の勢力にじっと堪えている力は弱いようなところがある。それがただ二軒の家であるために、その強大な力をそのただ二軒の家でじっと耐えているようなところに、かえって内に籠って外に発せぬ強大な力を認めるのである。

湖へ富士をもどすや五月雨　蕪村

諺《ことわざ》に一夜の間に富士山と近江の琵琶湖とは出来たというようなことを言っておる。これもそこから思いついた句で、こう小止みなく強雨《ごうう》が降っては、富士山を湖へ戻してしまうであろうというのである。一夜の間に出来たというのは、取りも直さず湖の窪んだその土が富士山となって突起したのであるが、雨のために富士山の土は流されてもとのところへ戻されて湖は埋まってしまうであろうというのである。五月雨のため山の土を流し、それを湖海に推し出すことを極端に言ったまでの句であるが、大きなことを言ったといえば言えるのである。しかしあまりいい句ではない。

五月雨や仏の花を捨てに出る　蕪村

五月雨の降り続くために仏前に供《そな》えて置いた花も取りかえることが出来ず、日を経て枯れた上に腐るような心持ちもする、そこである日雨中にその花を棄てに出るというのである。雨中の鬱陶しい心淋しいような心持ちがよく出ている。この句のごときは大景を言ったものではないけれども、いい句たるを失わぬ。

五月雨や滄《あお》海《うみ》を衝《つ》く濁《にごり》水《みず》　蕪村

五月雨のため川の水は濁ってしまって、濁水が非常な勢で流れておる、それが海に這《は》入《い》る時の光景を言ったもので、大海はそのために濁るというわけでもなく、やはり毎日のように日に二回の干満をやって寄せてはかえしているのであるが、その中にその川の濁水は非常な勢で突入っているというのである。これも壮大な方の句である。

五月雨や水に銭ふむ渡し舟　蕪村

これはまた小さい人事を言ったのである。渡し舟の中も五月雨のために水がたまって、跣足《はだし》でその舟に立っておると、その水の中に銭が落ちている、それを足の腹で踏んだというのである。五月雨頃の光景がきわめて適切に書かれておる。滄海の句などよりも、むしろこういう句の方に五月雨らしい心持ちは強く出ているのである。

五月雨の猶《なお》も降るべき小《こ》雨《さめ》かな　几董

降り続いている五月雨が、どこやら晴れそうになって来て明るくはなったのであるが、しかも小雨がしょぼしょぼと降っておる。この塩梅《あんばい》だととても晴れはしないで、遠からずまたざあと降って来るであろうというのである。五月雨そのもののある場合の光景を描いたもので、「猶も降るべき小雨」と言った句法が巧みである。

五月雨や船《ふな》路《じ》に近き遊女町　几董

五月雨の降っておる海岸か、もしくは川っぷちに在る遊女町のことを言ったので、出《で》船《ふね》入《いり》船《ふね》のあるその船路に近い遊女町は、五月雨の鬱陶しい中にもなお絃歌の声が聞えておる。流連《いつづけ》の客もかえって雨のためにあるくらいであるけれども、さすがにどことなく物淋し気で一種の哀れがあるとでもいうのであろう。そういう感じの方は読者の随意に任すとして、とにかく船路に近い五月雨の遊女町というものをつかまえて来て、人々の前に突出したところに、この句の働きはあるのである。以上で天明の句はおしまいとする。

五月雨の合羽《かっぱ》つゝぱる刀かな　子規

これは維新前の士《さむらい》の道中などを想像したもので、五月雨のため合羽を着て歩いていると、刀が定めて突張るであろうというところから出来た句である。維新前の人であったらあまりありふれた事で、そんな事は句にしようとも思わぬかも知れぬのであるが、その時代を過ぎ去って見ると、こういう事を句にして見てどこやらその時代をなつかしむ心を満足さすのである。

椎《しい》の舎《や》の主《あるじ》病みたり五月雨　子規

椎の舎の主というのは誰の事を言ったものともわからぬが、とにかくこの文字から想像のつく通り、大きな椎の木のある家の主人に違いない。そういう大きい椎のある家であれば、自然その陰《かげ》になっている家は鬱陶しいに相違ない。晴れた日であってもあまり晴れ晴れしくない家が、五月雨のためにますます陰気で鬱陶しい、そのためというのではあるまいけれども、主人は病気で寝ているというので、いよいよ鬱陶しい陰鬱な心持ちは強くなるのである。

病人に鯛の見舞や五月雨　子規

これは前の句と違って、同じ病人を叙するにも陰鬱に一方を言わず、その陰気な中へあるところから病人へ見舞と言って美しい鯛を見舞に届けたというのである。その鯛のために一点の打晴れた陽気な心持ちを呼び起すところがこの句の生命である。

五月雨や晴るゝと思ふ朝の内　格堂

先の几董の句とやや似寄った題で、朝の間は明るくなって、この塩梅なら今日は晴れるだろうと思っていたに、また暗くなって降り続けたというのである。

川越しの小《こ》兵《びょう》に負はれ五月雨　紅《こう》緑《ろく》

五月雨に水嵩《みずかさ》の増している川を渡る場合に、人の背に負われて渡る、その自分を負うてくれる男は小兵であって、自分よりも背の小さい男である、というところにちょっとした矛盾と滑稽とを感ずるところがこの句の生命である。

五月雨の漏るや廁《かわや》に行く処　寒楼

五月雨の漏るというのは、ありふれたことであるが、その場所が廁に行くところだと指定したところに、この句もちょっとした滑稽があるのである。要するにここに挙げた近代の句は芭蕉や蕪村やの大景の句に相当するほどの価値のあるものはないと言ってよい。但しこれが近代の句の粋を抜いたというのではない。手当り次第に取り出したので、代表的の句とするには足りないものである。それに反し芭蕉、蕪村等の句は代表的の句である。次に秋風の句に移って見よう。

加賀の全昌寺に宿す

終夜《よもすがら》秋風聞くや裏の山　曾良《そら》

曾良というのは芭蕉の弟子で、芭蕉奥羽行脚《あんぎゃ》の時供《とも》となって、何かとその世話をして歩いた男であったのであるが、加賀に這入《はい》った時病気になって芭蕉に別れ、一人江戸に帰ったのである。これはその芭蕉に別れた夜、加賀の全昌寺という寺に泊って、腹が痛むために終夜眠られなかった時の句である。眠れないために終夜裏の山を吹き鳴らしておる秋風の音を聞いたというのである。旅のしかも病中の物凄い秋風を詠じたのである。

人に似て猿も手を組む秋の風　珍《ちん》碩《せき》

珍碩もまた芭蕉の弟子である。秋風の吹く頃はうら淋しく、どこかに寒さを覚えはじめるので、猿もじっと手を組んでおる、それが人に似ておるというのである。この句のごときは秋風のもの淋しさを現そうとして、無心の猿もまた自然その物淋しさを知っておるという風に言ったところに、多少の厭味《いやみ》を持とうとしておる。元禄の句には質朴なところがあって、わずかにそれを救うておるのである。

旅行

あかくと日はつれなくも秋の風　芭蕉

旅中の物淋しい心持ちを言ったもので、秋の風の吹いている頃ではあるけれども、しかし赤みを帯びた秋の日は我につれなく熱く当たってたえがたいと言ったのである。芭蕉のような孤独の境涯にいる人が、旅にあってまだ宿《しゅく》にもつかず、これからまた峠《とうげ》を一つ越さねば宿がないというような場合の心持ちは、いかにもこの句に現されたようなものであろうと想像されるのである。「日はつれなくも」という言葉など、これが他の人の言葉であるとあるいは厭味を感ずるかも知れないのであるが、元禄のしかも、始終そういう境遇に身を置いた芭蕉であるとすると、その言葉に権威があってしかも真実が籠っていて、その厭味は感ぜられないのである。こういう事をいうと、人によって句の価値を二、三にすると言って攻撃する人があるかも知れないが、俳句にはそういう傾は実際あるのである。一概にそうばかりとはいえないが、作者を離して俳句を考えることの出来ない場合は決して少なくはないのである。次の天明に移ると、

おもひ出て酢つくる僧よ秋の風　蕪村

ふと思い出でて、そうだ一つ酢を作って見ようと言って、ある坊主がそれに取りかかった、それは秋風の吹く頃であったというのである。別に秋風に酢っぱい味があるというのではないが、夏も過ぎて秋風の吹く頃になると人の心も引きしまり、忘れていた事も思い出しやすく、その上酒などと違って酢というものを造ることを思い立ったというところに、何だかその秋風に心の引きしまった僧の思いつく事として、さも

ありそうなことのように思われる。これが牡丹餅《ぼたもち》を作るとか白酒を作るとかいうのに比べて見ると、その冷たい酸っぱ味《み》のする酢を作るという所に、どうしても秋の心持ちがある。

秋の風芙蓉《ふよう》に雛《ひな》を見付《みつけ》たり　蓼太

この句は蓼太の句としてはいい句である。別に秋風の淋しさを言おうとしたような句ではなくって、むしろ下十二字で叙した芙蓉の花の下に鶏の雛を見つけたという事の添物として置かれたに過ぎないといってよいのである。あの小さい雛がどこへ行ったか見えなくなった。よく見ると芙蓉の花の下にいたというのでむしろ美しい句である。秋風としても色彩に富んだ珍しい句である。

網をすくともし火あほつ秋の風　乙《おつ》総《ふさ》

漁師《りょうし》か、そうでなくっても楽しみに漁《りょう》をするもの、もしくは網をすくことを商売としておるもの、と言ったようなものが、灯火《ともしび》の下に背を曲《かが》めてその網をすいておると秋風が吹いて来て、そのともし火を吹き動かすというのである。以上挙げたどの種類の人としても、もとより世に時めいているものでなく、貧しげな暮しをしておるか、自ら世を韜晦《とうかい》しておるか、いずれかの人として淋しい心持ちがつき纏《まと》う、そこに秋風らしい心持ちがあるのである。

秋風や捨てば買《か》はうの越《えち》後《ご》縞《じま》　几董

越後縞というのは、どういう縞か知らぬが、とにかくそれを売りに来た男があるが、外に必要もないのであるから少しも買う気はない。しかし向うも持て余しているので捨て値《ね》でいいからどうか買ってくれと言う。そういう売買の応対が行われているというような場合に、何となくその縞の捨て売りにされているというところに、一種の淋しさを覚える。それが丁度秋風の頃で、いよいよその感じを強める、と言ったような場合である。秋風というものを単に景物として、縞の売買という人事を主題としたところに目新しいところがある。もっともこの傾向は後世になるほど強いのである。

蔓《つる》草《くさ》や蔓の先なる秋の風　太祇

『太祇句集』中に在るただ一句の秋風の句である。太祇のみならず天明の秋風の句は一体に振《ふる》っておる方ではないようである。さて句意は、蔓草を見るとその蔓の先に秋風は吹いておるというのである。蔓草の蔓の先を見ると風のために動いておるのを見て、なるほど秋風がその蔓の先に在る、といったような句である。芭蕉の「日はつれなくも」の句などに比べると、秋風というものについての感激の度がよほど違っているので、あまり秋風というような題について多くの興味を見出さなかったか、それともむずかしくて相手にしなかったのかも知れぬ。秋風というような題は、むずかしいものである。明治に至っては、

秋風の贐《はなむけ》も無き別《わかれ》かな　愚《ぐ》哉《さい》

人に別れる時、何かその人に贐をやりたいと思うけれども、ついにやることが出来なかった。その志を致さぬということが一層この別れを本意《ほい》なくする。それが秋風粛殺《しゅくさつ》の候であるから、一層その心持ちを強うする、というのである。つまり「秋風の」というのは「秋風の吹く時に」というぐらいの軽い意味である。

落《らく》書《がき》の酒《しゅ》肆《し》の障《しょう》子《じ》や秋の風　抱《ほう》琴《きん》

酒を売る店の障子に酔った客の落書がしてある、それは酔中のいたずらであるけれども、それがかえって秋風の中に淋しさを見せておるというのである。酔って障子に落書する人も、心に何らかの不平とか憂いとかがあってすることである。その人はいつまでも酔っておりはしない。今障子に落書は残っていても、その人はもう夙《とつ》くに醒めているのである。ただその憂いとか不平とかを落書として障子の上に残して置いたまでである。秋風の中にそれを見るにつけて、淋しい心が動くような心持ちがするのである。次に冬木立《ふゆこだち》に移る。

砂よけや蜑《あま》のかたへの冬木立　凡兆

海岸に行くと、その海岸の砂を畑や人家に吹きつけるのを防ぐために、藁《わら》やその他で、砂よけというものを拵《こしら》えておる。この句の場合は人家に吹きつける砂を防ぐための砂よけで、漁師の家がある、その傍に冬木がある、その冬木立のところに砂よけがしてあるというのである。冬木立そのものも砂よけの働きを幾分かはしておるのであろうけれども、さらにその冬木立を利用してそこに藁とか柴とかいうもので砂よけが拵えてあるのであろう。

乾《から》びたる三《み》井《い》の仁《に》王《おう》や冬木立　其角

三井寺の山門に仁王がある、その仁王は年月を経て、色彩なども剝《は》げておるのであるが、それがことに冬になって、その山門前に突立っておる木が、皆落葉して冬木立になっておる時に見ると、ことに乾《から》びた感じが強いというのである。木々が若葉しておる頃に見ると同じ仁王でも、やはりその若葉に打映《うちは》えてどこか生々しいところがあるように感ずるのであるが、その木が皆冬木立になっていると、仁王も同時に枯れ朽ちたような心持ちがするのである。三井の山門が木立の間に在る光景も自然に想像されるのである。

冬枯の木の間尋ねん売屋敷　去《きょ》来《らい》

この辺に売り屋敷があるという事を聞いて見に来たのであるが、ちょっと見当らない。大方この冬枯れておる木立がある、その木の間の辺にでもあるのであろう。その木の間を尋ねて見ようというのである。家も住む人がなくなって売り屋敷となっておるその落莫《らくばく》の感じのするところのものを、天然も冬枯れておる木立の中に尋ね入るのである。冬枯の木といわずとも冬木と言うてもすむのであるが、それが元禄時代の事であるから、まだ冬木立という成語がそう大きな力を持たず、自然こういう句も出来たのであろう。だんだん後世になって来ると冬木立というちゃんとした題があるのに、それを「冬枯の木の間」というようなことはかえって言えないものである。後世から見るとおかしく思うことでも、時代という事を頭に置いて考えると、おかしいと言えぬ場合が随分あるのである。この句のごときはそれほどおかしいというのではないけれども、ついでに一言して置くのである。天明に移ると、

　二《ふた》村《むら》に質屋一軒冬木立　蕪村

何村何村というあまり立派でない村が二つある、その間には冬木立もある、そうしてその二村を通じて質屋はただ一軒ほかないというのである。寒村の趣で、冬木立と相俟《あいま》っていかにもありそうな景色と受取れる。

　この村の人は猿なり冬木立　蕪村

これはもっと極端な寒村で、冬木立のある中にぽつぽつと人家があるが、この村の

人は人間ではなくてまるで猿みたようだというのである。

斧《おの》入れて香《か》に驚くや冬木立　蕪村

冬木立の中に木を樵《こ》りに這入《はい》って行って、ある一つの樹に斧を打込むと、思いも設けぬいい香が鼻を打った。それはもう朽ちた木で何ともわからなかったが、白檀《びゃくだん》とか伽羅《きゃら》とかいう霊木ででもあったのだろうか、不思議の名香に驚いたのである。

みよし野やもろこしかけて冬木立　蕪村

これは吉野山《よしのやま》は、だんだんそれを分け入って行くと、唐土《もろこし》に通じているという話のあるところから思いついた句であろう。謡曲の『国栖《くず》』にも次のような文句がある。「総じてこの山は都卒《とそつ》の内院にもたとへ、又は五台山清涼山《ごだいさんせいりょうぜん》とて唐土までも、遠く続ける芳野山《よしのやま》、かくれ家《が》多きところなり」すなわち吉野山へ逃げ込めば唐土までも通ずる道があって、自由にどこへでも隠れることが出来るというのである。すなわちその三吉野《みよしの》も春は桜の花で名あるところであるが、冬になると満山一面の枯木となって、その枯木は唐土までも続いているのである。

冬籠《ふゆごもり》心の奥のよしの山　蕪村

これは冬木立の句ではないけれどもちょっとついでに解釈してみよう。この句もやはり前句などと同じ聯想から来たもので、冬籠りをしてじっと想をいろいろの方面に走《はし》せているとさまざまの事を思う。それはほとんど際限もないことである。たとえて見ると、心の奥に吉野山があるようなもので、その吉野山は唐土までも続いているという事であるが、あたかも我心も唐土は愚か天竺《てんじく》までも和蘭《オランダ》までも続いておるというのである。あるいはこの句は冬籠りをしていて、かつて見た春の吉野の光景などを思い出しているという風に解釈が出来ぬこともないが、それでは「奥の」という字も十分に利《き》かない。奥のよし野と続いたところは「奥吉野」という言葉もあるところからではあろうけれども、やはり奥深くどこまで続いているかわからぬ吉野という心持ちがなくてはならぬのである。すでに「もろこしかけて冬木立」の句がある以上、この句も第一解のごとく解することが至当であろう。冬籠りというのは、冬の寒さに外にも出ず、家の中に閉じ籠っているのをいうのである。また冬木立に戻って、

盗人に鐘つく寺や冬木立　太祇

木立の中に在る寺で、その木立も冬枯れて一層淋しさが増している。ところがその寺へ盗人がやって来たので、その急を村人に知らすために鐘楼《しゅろう》の鐘をゴーンゴーンと撞《つ》き鳴らすというのである。隣にすぐ人家でもあれば声を上げて「泥坊泥坊」と叫ぶぐらいでも聞えぬことはないのであるが、冬木立に遮《さえぎ》られているために急を知らすため鐘を撞くのである。時ならぬ鐘の乱打《らんだ》に村人は何か事あることを知って直ちに走《は》せつけるのであろう。

夜見ゆる寺の焚火や冬木立　太祇

これも前句同様冬木立の中の寺を詠じたもので、夜その寺で焚火をしているのが、冬木立を透《すか》して見えるというのである。昼間は冬木立の中に寺があるという事を承知していながらも、その寺の甍《いらか》もはっきり見えないぐらいであるが、夜になってあたりの暗い中に焚火をしているのであるから、その焚火が冬木立をすかして、よく見える趣を言ったのである。木立は皆灰色に冬枯れている中に焚火の赤いのが際立って赤く見える心持ちがする。

曙《あけぼの》やあかねの中の冬木立　几董

この句は前の太祇の句と反対に、夜明方の冬木立を言ったもので、朝暾《あさひ》が赤い色をして天地を染めている中に、一叢《ひとむら》の冬木立が立っているというのである。なおこの句にはしいて必要はないけれども「旅行快天」という前置きがある。旅をしていて朝早く宿を立出た時分、晴れ渡った野路《のじ》の曙の景色を言ったものであろう。次に明治に移ると、

門前のすぐに坂なり冬木立　子規

ある家の門を出ると、すぐそこがもう坂になっていて、そこに冬木立があるというのである。その冬木立はその家の向い側に在るか、坂の上に在るか、はた他に在るのか、それらははっきりしていないが、要するにそのあたりは冬木立もあるような人家の建てこんでいないところであることさえわかればよいのである。山がかった辺鄙《へんぴ》を言ったものか、また市中のある場所を言ったものか、どちらとも取れぬことはない。

またいずれと解しても句の趣の上には変化はないのである。この句の主眼は家を出ると門前がすぐ坂になっているという点に在るのである。冬木立は点景物にすぎないのである。

鳥の巣のあらはに掛る枯木かな　寒楼

冬木の梢《こずえ》の方を見ると他と違って少し黒ずんで密生したようなものがある。何であろうかと見ると、それは鳥の巣であったのである。常磐木《ときわぎ》の梢に在るのだとそれほど目立たないのであるが、落葉してしまっている枯木であるから、それが特に目立って見えるのである。

本堂に足場かけたり冬木立　静子

太祇の句同様冬木立の中の寺を見つけたのである。ことにその寺は普請《ふしん》をするために本堂に足場をかけておるというのである。普通の人家でも足場をかけているのは目に立つものであるが、それが寺であるから一層目立って見える、ことに冬木立の中に在るという事が一層その感を強めるのである。以上元禄、天明、明治と並べ立てて見ると多少変化がないでもないが、しかしそれは小異動であって、本書の冒頭に言った通り、俳句は要するに芭蕉の文学であるという事にたいした異論の挿みようがないであろうと思う。今少し芭蕉の句を験《しら》べてみよう。

古池や蛙とび込む水の音　芭蕉

芭蕉の句といえばまず古池の句というほどに有名なものになっているが、この句は果してそれほどいい句であるかどうかという事についてはすでにだいぶ議論のあったことである。実際この句のごときはそうたいしたいい句とも考えられないのである。牽強《けんきよう》附会《ふかい》の説を加えてこの句を神聖不可侵のものとするのは論外として、古池が庭に在ってそれに蛙の飛び込む音が淋しく聞えるというだけの句である。これ以上に複雑な解釈のしようはないのである。ただこの句は芭蕉が、いわゆる芭蕉の俳句を創《はじ》めるようになった一紀元を画するものとして有名だという説は受取り得べき説である。すなわちそれまでの芭蕉は談林調《だんりんちよう》と言って、つとめて滑稽洒落《こっけいしゃれ》を言っていた時代の句になずんでいたが、この句を作った時代から初めて今日のような実情実景をそのままに描く芭蕉流の俳句を作るようになった、そもそもその頓悟《とんご》の句がこの句であるというのである。ある日芭蕉が深川の草庵にいると庭の古池に水音が聞える。それは外の音でもない蛙の飛び込む水音である。四辺が静かであるので、その水音は独り際立って耳に響く。芭蕉はそれを句にしようとして「蛙飛び込む水の音」と言い、上五字はありのままに「古池や」と置いた。それがすこぶる自分の意に適して、かく何の巧もなくそのままを詠ずることが、今後俳句の歩むべき正しい道であると悟った。同時にまた滑稽でも洒落でもなく、かかる閑寂《かんじゃく》の趣こそ俳句の生命であるべきを悟った。閑寂趣味とそのままの叙写という事が、この句によって初めて体現されたという事が何よりも芭蕉の満足することであって、自分もこの句を以て初めて悟りを開いたように考えたのであろう。柳緑花紅が仏者の悟りであるようにあえてものを遠きに求めるわけでもない、実情実景そのままを朴直《ぼくちょく》に叙するところに俳句の新生命はあるのであると大悟して、それ以来、今日に至るまでいわゆる芭蕉文学たる俳句は展開されて来たものとすれば、この古池の句に歴史的の価値を認むべきは否定することの出来ないことである。

物いへば唇寒し秋の風　芭蕉

この句も有名なる句の一つである。沈黙を守るに若《し》かず、無用の言を吐くと駟《し》も舌に及ばずで、たちまち不測の害をかもすことになる、注意すべきは言葉であるという道徳の箴言《しんげん》に類した句である。こういう句を作ることが俳句の正道であるという事はいえない。俳句はやはり古池の句のごとく実情実景をそのままに叙するという事を正道とすべきである。この句のように道徳的の寓意を含んだ句のごときは、たまにあってもいいけれどもむしろ脇道に外《そ》れたものである。

荒海や佐渡に横ふ天の川　芭蕉

越後の出雲崎《いずもざき》というところで作った句である。奥の細道を辿《たど》って酒田より越後路に出で、出雲崎に宿った時あたかも秋の晴れ渡った空で、銀河が遠く佐渡が島の方に流れていた、その光景を詠んだのである。荒海というのは、元来日本海は太平洋よりも荒るることが多いので、ことに秋から冬にかけては浪が高い、その荒海が星月夜に遠く見渡される。その果てには一抹の佐渡が島が長く帯のごとく見えておる。空には銀河が出雲崎の真上からその佐渡が島の方へかけて流れておるというような大きい景色である。芭蕉の壮大な句といえば、よく引合いに出される句である。

一笑《いっしょう》を弔《とむら》ふ

塚も動け我《わが》泣《なく》声は秋の風　芭蕉

一笑という俳人の墓を弔った時の句で、我が哀哭《あいこく》の声は秋風の吹くがごとく強く切なるものがある。そのために塚も動けよかし、というのである。少し仰山過《おおげさ》ぎる嫌いはあるけれども、調子の強いところが慟哭《どうこく》の情を現すのに適しておる。ことに女々《めめ》しくめそめそしたところがないために読んで痛快である。やはり好句たるを失わぬのであろう。

秋風や藪も畑も不破《ふわ》の関　芭蕉

不破の関のあとは今は藪や畠になってしまっている。そのあとを訪《と》えば、ただ秋風の吹いておるばかりであるというのである。「藪も畠も不破の関址《せきあと》」の意であろう。これも調子の強い句である。

菊の香や奈良には古き仏達　芭蕉

奈良へ行って見ると興福寺とか東大寺とか西大寺《さいだいじ》とかまた法隆寺とか、古き都のあとで、しかも仏法が初めて隆盛を極めた時代の名残りが沢山残っている。その寺々にはそれぞれ古い仏体が沢山あって、貴《とうと》く拝まれる。その古い仏たちの沢山ある奈良に行った時の心持ちは、清高なる菊の香を嗅《か》ぐ時の心持ちと似通ったところがある、というのである。実際奈良に行けば菊の花も咲いていたであろう。その菊の香を嗅ぎながら、仏を礼拝して廻ったのであろう。けれどもこの句はそういう実際の景色を写生したというよりも、奈良に行って古い仏たちに接した時のすがすがしい尊い感じを現そうとする場合に菊の香に思い到って、それを配合したというような句である。俳句は往々にしてこういう句がある。これを単に菊の花を古い仏たちとの比喩と見てしまっては殺風景である。単純な比喩ではなくて、菊の香と奈良の仏たちと相俟《あいま》って、蒼古な敬虔な感じを起すところに句の生命はあるのである。

うき我を淋しがらせよ閑古鳥《かんこどり》　芭蕉

憂《うれい》を抱いている自分を淋しがらせてくれ、憂に堪《た》えぬ自分ではあるが、お前の声によって一層淋しさを覚ゆるところに、かえって慰むところがあるぞよ閑古鳥、というのである。閑古鳥は山深くいる鳥で、その声を聞くと淋しさに堪えぬような心持ちがする、しかし淋しさに住することは芭蕉の生命である。淋しさに安住することがすなわち芭蕉の憂を慰む唯一の方法なのである。ウンと聞いてウンと淋しがらせてくれというのである。この句のごときも余人は知らず、芭蕉の言としては偽らざる告白として首肯《しゅこう》さるるのである。芭蕉はこの心持ちを抱いて一生を送った人である。

木《こ》の下《もと》に汁も鱠《なます》も桜かな　芭蕉

この句のごときは景色そのままを描いた適例として見るべきである。桜の木の下に花見客が陣取《じんど》っていて、そこには鍋に入れた汁もあり、鉢に入れた鱠もあるが、いずれも落花が降りかかっている、というのである。咲き乱れた桜花の下に狼藉《ろうぜき》たる落花を冠《かぶ》って人の打ち興じている様が想像されるのである。

金《きん》屏《びょう》の松の古びや冬籠り　芭蕉

金屏に墨絵の松が描《か》いてある。その松の絵もよほど古びている。その金屏を立てた下に冬籠りをしているというので、この人は貴人か、しからざれば金持のようなものであろう。金屛は贅沢《ぜいたく》なものではあるけれども、その墨絵の松の古びているもとに冬籠りしている人は、よしありげになつかしい心持ちもするのである。

粽《ちまき》結《ゆ》ふ片手にはさむ額《ひたい》髪《がみ》　芭蕉

粽は五月の節句《せつく》に拵《こしら》えるもの。その粽を作るために笹を結んでおる時、額髪すなわち前髪が前へ垂れ下った。それを両手で直すことは出来ぬから、片手には粽を持ったままで、他の片手でその額髪をはさみあげた、というのである。女のある姿態を句にしたものである。

衰へや歯にくひあてし海苔《のり》の砂　芭蕉

海苔を食べておるとそれに砂のあったのを、がりと歯にくいあてた。これが壮健な頃であれば、海苔の砂ぐらい多寡《たか》の知れたもので、何とも感じないのであるけれども、だんだん年とって衰えて来ると歯も弱っているので、その砂を嚙んだために歯が浮く、自然その事が気に障《さわ》るというのである。

名月や池をめぐりて夜もすがら　芭蕉

名月の晩にその清光を称するため、ある池辺に在った。あまり月が明かなために帰り去るに忍びず、その池の周囲をめぐって終夜歩きつつあったというのである。この句のごときもただ事実そのままを叙したのである。

飲みあけて花いけにせん二升樽　芭蕉

芭蕉は大酒家ではなかったろうが、まんざらの下戸《げこ》でもなかったようである。その消息文のうちに、人から酒をもらった礼状などもあるようである。この句も恐らく芭蕉の実況で、二升樽の酒を厨《くりや》に蔵していた。飲みあけて、というのは一晩や二晩で飲み空《あ》けようというのではなく、幾日かかかって飲み空けたら、その樽を花生けにしようというのである。この場合の花生けというのは、桜を生けようという意であろう。「花生け」そのものは季はないけれども、花といえば桜を指すことになっているところから、この際はその花で春季の句としたのである。恐らくまた作者の意は桜を生けようというのであろう。これもまた春興と目すべきであるが、その中に、妻帯もせず、男暮しの暢気《のんき》な心持ち、別に急ぐわけでもなく、飲み空けたらその時花生けにしようと考えつつなお毎日少しずつ酒を飲んでいるようなところに、芭蕉その人の生活が覗《うかが》われるようである。

鶯や餅に糞する縁の先　芭蕉

どこかの茶店に休んで餅を食っている時に、軒《のき》近く飛んで来た鶯が、その手にしている餅——もしくは皿の中に在る餅——に糞をしたというのである。これも餅に糞をされて困りはしたものの、春らしい長閑《のどか》な心持ちに打ち興じた句である。

秋之坊《あきのぼう》を幻住庵《げんじゅうあん》にとめて
我宿は蚊の小さきを馳走かな　芭蕉

秋之坊という俳人を幻住庵に泊《と》めた時の句で、何も御馳走はないが、ただ蚊が小さいのだけが御馳走だというのである。『蚊相撲《かずもう》』という狂言に近江《おうみ》の国から出て来た男を抱えると、それが蚊の精であったというのがあるが、大方近江に蚊は名物なのであろう。ことに蚊は大きい方はまだ始末がいいが、小さい方と来たらいよいよ始末におえないものである。秋之坊先生も少々その小さい蚊に盛んにやられるのに閉口していたのであろうが、そこを芭蕉はかえって、その小さい蚊がせめてもの馳走だと滑稽的に言ったのである。さてこの幻住庵というのは近江の石山の近傍のある山にあった庵で、幻住老人という人が住《すま》っていたあとへ芭蕉は這入《はい》りこんで、そこで一年半ばかりを過ごしたのであった。その時の記事に『幻住庵記』という立派な文章がある。この清貧の隠士芭蕉の生活を十分覗うことの出来る文章である。その芭蕉の文章中で最も勝《すぐ》れたものとして『奥の細道』と、この『幻住庵記』とを推すべきであろう。芭蕉は奥羽北越の旅を終って後《のち》にこの幻住庵に入って静養したものである。この頃が芭蕉の成熟時代で、その生活もその文学も底光りのする貴いものとなったのである。

先づ頼む椎《しい》の木もあり夏木立　芭蕉

これはその『幻住庵記』の終りにくっつけてある俳句で、食物にこまれば椎の実を拾って食えばいい。まず何よりも頼りとする椎の木もある、その辺一面の夏木立の中に、というのである。『幻住庵記』の大意を言えば、冒頭にはその庵の位置を説明し、その由来を説き、自分が長き東北の旅行をして後、湖水のほとりのその庵に暫く足をとどめて静養する由《よし》を陳《の》べ、それから筆を極めて湖水の眺望のいい事を説《と》いておる。それからまた一転して、その庵に起臥《おきふし》している自分の生活を叙してかく言っている。

すべて山居といひ旅宿と云ひ、さる器貯ふべくも無し。木曾の檜笠、越の菅蓑ばかり枕の上の柱に懸たり。昼はまれ〳〵訪ふ人々に心を動かし、或は宮守の翁、里のをのこ共入り来りて、猪の稲食ひ荒し兎の豆畑に通ふなど我聞知らぬ農談、日已に山の端にかゝれば、夜坐静に月を待てば影を伴ひ、燈を取つては罔両《もうりょう》に是非をこらす。かくいへばとて単《ひたぶる》に閑寂を好み、山野に跡を晦《くらま》さんとにはあらず、やゝ病身人に倦《う》みて世を厭ひし人に似たり。

とこう言っている。自然に任して少しも気取りつくろったところのないのが、この数句によく現れておる。とかく俳人などという形式のみ殊勝《しゅしょう》ぶり、心にもない隠遁生活を装《よそお》うたりするのが多いが、それは芭蕉のこの一句に愧死《きし》すべきである。芭蕉は山中の一孤屋に狐や兎に等しい簡易生活をしていたのであるが、それでも「かくいへばとて単に閑寂を好み、山野に跡を晦まさんとにはあらず」と言っておる。そうして病身であるために世を厭うている人に過ぎないと言っておる。遁世家ぶって得意でいる似《え》而非《せ》風流は少しもないのである。それから筆をすすめて自分の俳諧に携わる志というようなものを陳《の》べておる。それも少しも気取ったところはない。

つら〱年月の移りこし拙《つたな》き身の科《とが》を思ふに、ある時は仕官懸命の地を羨み、一《ひと》度《たび》は仏籬《ぶつり》祖室《そしつ》の扉《とぼそ》に入らむとせしも、たより無き風雲に身を責め、花鳥に情を労して暫く生涯のはかり事とさへなれば、終《つい》に無能無才にして此一筋につながる。

とこう言っておる芭蕉だ。ところで初めから俳諧師になるつもりでもなかったのである。一度は立派な官位にありつきたいとも思った。また一度はもう世の中が厭《いや》になって仏に仕《つか》えたいとも思った。が、そのいずれも果たさず、風月花鳥すなわち自然界の趣味に心をひかれてそれを俳諧にすることを好んだところから、それがやがて衣食のたずきともなり、しょうことなしにこの一筋すなわち俳句の道に繋《つなが》っている、というのである。これらの芭蕉の心持ちを推しはかるに、それは現在の自分の境遇が一番優れた境遇とも思っていやしないし、また仕官懸命の地位、仏籬祖室に身を置くことが必ずしも勝《すぐ》れた境遇とも考えてはいなかった。目に見ゆるものそのままが成仏《じょうぶつ》の姿で、人間の職業などに何の甲乙があろう。それもよく彼《あれ》もよい。今の自分の境遇を一番いいとも思わぬがまた悪いとも思わぬ。現在としてはやはり現在の境遇に安心して、他に何も求むるところはないような自由な境地に住していたのである。古池の句によって芭蕉はすでに最初の悟りに入ったのであるが、言う事、なす事がすべてそのまま心にかなって悟りの奥に達したのはこの頃であろうと思う。「奥羽行脚」から引続いて、幻住庵時代の芭蕉は最も研究に値《あたい》するものがある。

年暮れぬ笠著《き》て草鞋《わらじ》はきながら　芭蕉

芭蕉の生涯は旅行で終始したと言ってもいいのである。西行法師や連歌師の宗祇《そうぎ》の跡を慕《した》って、生涯を笠や草鞋に托することがその希望であったのであるが、また無妻で無一物で孤独の生活をしておる芭蕉のごとき人に在っては、旅行でもしなければ淋しさに堪《た》えなかったであろう。この句はそういう境涯にいる自分の歳暮の状を詠じたもので、今年ももう暮れる。自分はどんなようすをしているかというと、笠を着、草鞋をはき、世上の人が歳暮よ新年よと殊更めきて騒いでいるのとは違って、やはりいつもと変らぬ一個の旅人であるというのである。

寒けれど二人旅寝ぞたのもしき　芭蕉

これもまた実情で、いかに旅宿の寒さは凌《しの》ぎ難いにしても、いつも淋しい独り旅であることを思えば、今宵《こよい》かく二人で旅寝をしていることは、いかにも心丈夫で頼母《たのも》しいことぞ、というのである。

すくみ行くや馬上に氷る影法師《かげぼうし》　芭蕉

これも旅中の実景で、寒い日に馬に乗ってとぼとぼと行っておると、自分は寒さに耐えず小さくなってすくんでいるのであるが、その自分の影法師は馬の上に落ちて、馬の背中に氷っているように見えるというのである。いかにも寒さに堪えぬ孤影の憐れさが思いやられる。

一つ脱《ぬ》いで後ろに負ひぬ衣更《ころもがえ》　芭蕉

これも旅中のことで、だんだん寒さが減じて春になり、その春もいつの間にか夏になって、着物を重ね着しているのが暑くなって来た。そこで一枚脱いでそれを背中に負って行くというのである。これが俗に世間の衣更ならば、綿入を脱いで新しい袷《あわせ》に着替え、すがすがしい軽い心持ちになるのであるが、生涯を旅で暮らす芭蕉のような人に在っては、そういう事は思いもよらず、二枚重ねていた着物を一枚脱いで後《うしろ》に負うのが取りも直さず衣更になるのだというのである。

蚤《のみ》虱《しらみ》馬の尿《しと》する枕もと　芭蕉

これも芭蕉が旅中で遭遇した事実で、非常に汚い百姓家《ひやくしょうや》に泊った。そうすると蚤虱が盛んに食って痒《かゆ》くって眠れない。また馬小屋がすぐ隣なので、その馬のジャアと小便をする音がすぐ枕許に聞えるというのである。こういう苦痛な目にあっても、翌朝暁のすがすがしい気を吸うてその宿を立出でて後はなかなかにその寝ぐるしかったその一夜がなつかしいような心持ちもするのである。

住みつかぬ旅の心や置《おき》炬《ご》燵《たつ》　芭蕉

旅中にある家へ泊って置炬燵をしてもらってそれにあたっておる。元来旅行中の事だと思うと、その炬燵にあたっておるというような落著いた心持ちにふさわしくなく、そこに住みつかぬような心持ちがするというのである。置炬燵であるからいっそう住みつかぬような心持ちが強い。

いかめしき音や霰《あられ》の檜木笠《ひのきがさ》　芭蕉

檜木笠を被《かぶ》って旅をしておると、その上に霰が降って来る。菅笠《すげがさ》などよりも一層音が大きくって、いかにも厳《いか》めしいパリパリという音がするというのである。

旅寝して見しや浮世の煤《すす》払《はら》ひ　芭蕉

旅中煤払をしている人家を見た時の句で、前の「笠著て草鞋はきながら」というように、旅に年の暮を迎える身は少しも暮らしい心持ちはないのであるけれども、俗世間では正月のもうけに急がしくして煤払をしておる、それを見る時は自分の境遇を憐れむような、また浮世の人を憐れむような、要するにそれらの人と自分との間に隔りのあるような一種の心持ちのするそこを言ったものである。

旅に病んで夢は枯野をかけ廻《めぐ》る　芭蕉

果たして芭蕉はついに旅中に病んで死んだのである。この句はその病中に出来た句で、今もなお旅中であって、その旅中にかく病んで臥《ふ》せっておるし、命ももう旦夕《たんせき》をはかられぬのであるが、それに夢に見るところの事もなお旅であって、枯野に淋しい一人旅をしておる時などの光景がいつも夢に入る、一生を旅で暮すことが本来の目的であったのであるが、旅中に病んで死に近きにかかわらず、夢もなお旅中のことであるというところに、その本懐に満足するところもあろうし、同時にまたもの憐れなところもある。芭蕉は好んでよく旅という事を言っておるが、ほとんど定住とするところの家もなかったのであるから、西に行くも東に行くもことごとくこれ旅であったのである。彼《か》の『奥の細道』の冒頭に「人生は逆旅《げきりよ》」と言っておるが、そういう見地からいえば、いずれの人生か旅中ならざるであるが、その逆旅たる人生に在っても江戸に住むも近江に住むもことごとく旅中の一小宿《やど》りたるに過ぎなかった彼に在っては、死の外に帰る棲家《すみか》はなかったのである。いよいよ死も遠からずと覚悟した時にその夢に入り来るところのものは何ぞ。曰《いわ》く、枯野をかけめぐるのみ。かくしてそこに芭蕉の生涯は結末を告げたのである。

これがまあつひの住家《すみか》か雪五尺　一茶

芭蕉死後幾多の風騒の人が出て、俳諧史の頁を目白推《めじろお》しに埋めているのであるが、天明の蕪村に遅るること数十年にしてつと流星のごとく一人の俳人が生れておる。それが俳諧寺一茶である。一茶は信州の高原柏原《かしわばら》の産で諸国を放浪した末また柏原に戻って来て、それから一生をそこに終った人である。今でも柏原に行くと、その一茶の住《すま》っていた古蔵などがそのままに残っているのを見ることが出来る。この句はその放浪の末、生地である柏原に戻って来た時の句で、この雪が五尺も深く積っておる、この土地がまあ自分の最後を送るべき土地であるか、このわびしい藁家《わらや》が自分の息を引取るべき家かというのである。今でも信越線が雪のために立往生をするのは、いつもこの柏原近傍であるのを見ても、いかに雪が深いかを想像することが出来よう。この柏原という土地は、北越に通ずる街道の一宿《しゅく》ではあるけれども、土地が土地だけにあまり繁華な所でもないのであるが、その中にも一茶はきわめて貧しい百姓であって、ことに硬骨で疎懶《そらん》で、俗世の事に頓着しない男であったから、非常に変人扱いにされて土地のものから軽蔑されておったという事である。——もっとも少数の人には敬愛されておったらしいが――その俳句には三百年の俳句界を通じてない特色がある。その一つは俗語を自由に斡旋《あっせん》したことで、たとえばこの句のごときも「これがまあ」という ごときさわめて鄙近《ひきん》な言葉を使って「つひの住家」といぅ雅語に結びつけ、それでどことなく悲調を帯びているところなどは、ちょっと他に例のないところである。

ことしからまる儲《もうけ》ぞよ娑婆《しゃば》の空　一茶

大病をしたのが幸に全治して新しい年を迎えた時の句で、もう去年の病気に死んでおったものとすれば、それまでなのであるが、それが幸に生きてまた今年から新しい命をつないで行くとすれば、今年からは丸儲じゃといぅのである。「娑婆の空」というのは、その丸儲の新しい命で再び娑婆の空を見るといぅのである。この句も「まる儲ぞよ」というような俗語を使ったり、「娑婆の空」と言ったりするところが特色である。あるいは人生五十といぅ五十を過ぎて五十一歳になった時の句かもしれない。

桜へと見えてぢん〳〵端折《ばしより》かな　一茶

「ぢん〳〵端折」というのは裾《すそ》の後《うしろ》の中央を取って、帯のところにからげるのをいうのである。人がその「ぢん〳〵端折」をして歩いているのは、花見に行っているのと見えるというのである。「ぢん〳〵端折」というようなことを、平気で俳句に使用したのは恐らく古今を通じて一茶一人であろう。

白壁の誹《そし》られながらかすみけり　一茶

権門の白壁が遠く小高いところに見えて霞んでおる。人はその白壁を見る度にその横暴を悪《にく》むのであるが、壁は一向御存じなしに誹られながらも霞んでおるというのである。この諷刺《ふうし》も一茶の句に散見するところの一特色である。維新前徳川太平の時代の水呑百姓にしてこの硬骨の漢あり、世に容れられなかったのも無理からぬことである。

馬までもはたご泊や春の雨　一茶

これも身分のある人の旅を諷したもので、あの人たちは贅沢をきわめて旅籠《はたご》に泊る、人ばかりでなく――供廻りばかりでなく――馬までも旅籠に泊るというのである。

「春の雨」はのんびりとした、ゆるやかな春雨の時候を言ったのである。ただ豪奢な人の春の旅宿を吟じたものともいえるのであるが、その裏面に贅沢を諷する心は十分に在る。それは「馬までも」という言葉で推しはかる事が出来る。作者一茶のごときはその馬にも劣って、いつも木賃《きちん》に泊ったものであろう。

雀の子そこのけ〳〵御馬が通る　一茶

「下におろ」とか「のいたのいた」とか人払いをして大名の馬が通る。それを見る度に一茶の眼には憤慨の涙がにじみ出たものであろう。この句は雀の子が、まだ十分に羽《は》づくろいも出来ずに道の上に下《お》りておる。そこへ大名の行列が来た、「雀子よそこをのいたのいた、そうしないと馬にふまれて死ぬるぞ」というのである。雀子に托して百姓などのみじめさを言ったものである。

いうぜんとして山を見る蛙かな　一茶

悠然《トシテ》見《ル》二南山《ヲ》一という陶潜《とうせん》の言葉がある。それを持って来たので、蛙が木の枝にいてぼんやりと一方を見ているのは、悠然として南山を見ているのだな、というのである。前に俗語を使って滑稽の句をなしたのと同じく、この句は蛙に対して隠士を形容した言葉を使って滑稽の句をなしたのである。結果は同じく滑稽になっているのである。

大沼

萍《うきぐさ》の花からのらんあの雲へ　一茶

大沼を眺めた時の句で、その沼の向うには雲の峰が立っておる、その雲へ乗るのには、その沼に生えている萍の花から乗るがいいというのである。まさか萍の花から雲へ乗ることの出来ぬことは一茶も承知しているのである。そんな知識は除《の》けて子供みたような心持ちになって、いかにもその萍の花から雲に乗れそうに思えたのを、そのまま句にしたところにかえって妙味があるのである。この子供らしい詩人的なところがまた一茶の特色の一つである。

蟻の道雲の峰より続きけん　一茶

この句も同じような句である。夏大地の上に蟻の行列が長く続いている、それを辿《たど》って行って見ると、「おや」「おや」と行けば行くほど驚かるるように遠方から続いておる。いくら辿って行ってもまだまだ先がある。この蟻の道はあの向うに峙《そばだ》っている雲の峰から続いているのであろうか、というのである。雲の峰というのは白雲が山のごとく聳《そび》えている、夏になって天気の時によく見るところの雲のことである。大沼の句と共に打晴れた感じである。

初蛍其手はくはぬ飛びぶりや　一茶

はじめ一匹飛んで来た蛍で、皆が大騒ぎをして取ろうとするけれども、ついと軽く逃げて向うへ飛んで行ってしまった。子供が鬼事《おにごと》などをする時に「その手は食わぬ」などとよくいうものである。その言葉をここへ持って来たもので、なかなかその手は食わぬ飛びぶりをして、蛍は巧みに逃げてしまったというのである。

江戸住居

青草も銭《ぜに》だけそよぐ門《かど》涼《すずみ》　一茶

江戸に住《すま》っていた頃の句で、江戸は何事も銭で、青い草さえ銭相当のそよぎようをするというのである。門涼みをしておる場合にそこに草花でも売りに来る、この草は何銭、この草は何銭という時、やはり少し涼しそうに見えて風にでもよく戦《そよ》ぐやつはそれ相当に値段《ねだん》が高い、やはり銭相当の戦ぎようをする、というのである。これも表面は滑稽で、裏面には真面目《まじめ》な憤慨がある。「銭だけ」という俗語を「戦ぐ」事に用いたところが手腕である。

九《く》輪《りん》草《そう》四五輪草で仕《し》舞《まい》けり　一茶

柏原辺は冬の寒さが強いので、宿根草の草花なども十分に発育しないものが多いそうである。九輪草を植えて咲かして見たけれども、なかなか九輪草の名のごとく沢山の花は著《つ》かず、四、五輪咲いたばかりであった、というのを「四五輪草でしまひけり」、と言ったのである。「四五輪草でしまひけり」と何でもなく滑稽的に言った底に「おやおやこの花も十分に咲かなかった」という真面目の失望が覗《うかが》われるのである。

さと女三十五日墓

秋風やむしりのこりの赤い花　一茶

一茶は非常に細君や子供に不仕合《ふしあわ》せの人であったのである。このさと女というのもたしか子供であったかと思う。その亡《な》き児《こ》の三十五日に墓参りをして、その赤い花を手向《たむ》けた、この花はその亡き児が生前にむしり取って遊んでいたそのむしり残りの花だというのである。「秋風や」は折節《おりふし》秋の時候であったので、淋しい心持ちを寓したのである。なおこの句から聯想した一句がある。

春雨《はるさめ》や食はれ残りの鴨が啼《な》く　一茶

これは春雨の降る時、川辺の料理屋の前の川か、もしくは普通の人家の庭の池か何かに鴨が泳いでいて、があがあ鳴いておる場合に、今あの鴨はがあがあ鳴いているけれども、その仲間であった鴨は必要の度々に取って食われたのである、というのである。すなわち現在そこに残っている鴨を「くはれ残りの鴨」と見るのが一茶一流の主観で、人間の無慈悲を諷刺したのである。

酒尽きてしんの座につく月見かな　一茶

「しんの座」は「真の座」の意か。酒のある間は月見を名として食ったり飲んだりばかりしていたのであるが、酒がなくなってしまうと、初めて月を見る気になって、本当の座について月を見るというのであろう。これも人間に対する諷刺の一つである。

百舌《もず》の声かんにん袋きれたりな　一茶

秋の小鳥の中でも百舌が高音を張り上げて鋭い声で鳴く、その声は堪忍袋の紐《ひも》をきらしたような鳴きようだというのである。人がこらえにこらえていた癇癪《かんしやく》を一時に破裂さした時のような声だというのである。単に百舌の声を形容したのでそれ以上の意味はないが、例の俗語を使用して百舌鳥《もず》を人間視したところが滑稽になっているのである。一茶の句としては浅い方で佳句ではない。一茶の滑稽には前の「くはれ残りの鴨」みたように涙のあるものが多いのであるが、この句はそれほどの深さがないのである。

善光寺門前憐乞食

重箱の銭四五文や夕《ゆう》時雨《しぐれ》　一茶

この句は一茶らしい特色がないといえばないが、しかし前置にもある通り、特に乞食に対する同情がこの句になったのである。乞食を詠んだ句は随分あるけれども、大概それを余所《よそ》から興味をもって眺めたり、冷《ひや》やかに眺めたりする句ばかりで、一茶のように深い同情を以てそれに対した句は滅多にない。重箱の中に沢山の銭のあることかわずかに四、五文ほかないことは、一茶自身物さびしく苦痛なのであろう。折節日暮方で、時雨の降っていることが、いよいよその心持ちを強めるのである。

餅《もち》搗《つき》が隣へ来たといふ子かな　一茶

子供が「お隣へ餅搗が来た」というのは、それを羨《うらや》ましがって言うのである。それを聞く親は黙って聞き流すほかはないのである。この句の裏面には「貧」という一字が隠れておる。柏原の水呑百姓《みずのみびやくしよう》で、しかも俳句三昧《ざんまい》に日を費している一茶の家は、貧乏も一通りではなかったのであろう。餅を搗こうにも搗くことが出来ない境遇であって、子供にそういう事を言われると、親はますます苦痛を感ずるばかりである。

我門に来さうにしたり配《くば》り餅《もち》　一茶

自分の家へ来そうにした配り餅が、自分の家へは来ず隣家へ行ってしまった、というのである。こんな事はよくあることであるが、世の中に虐遇されて、失望に慣れている一茶には、その些細《ささい》なことも深く頭にしみ込んだのであろう。いやしい目つきをしてその配り餅を見ておったのではなく、「おやおや不思議にもあの配り餅は家へ持って来そうにしておる」と注意深い目を以て見ておると、やはり隣の間違であって、それに気がついて隣へ行ってしまった、という所に不遇の人の「冷笑」が読まれる。読者もただ「あはははは」と笑ってしまうことは出来ないのである。

おのれが姿に

ひいき目に見てさへ寒いそぶりかな　一茶

一茶の自画像に題した句で、自分の形であるから、ひいき目によく見たいのであるが、いくらひいき目に見たところで、いかにも振わない寒そうな貧乏そうな姿だというのである。一茶のごとき熱情は、世を嘲《あざけ》り人を憤《いきどお》るのであるが、結局何よりも自分を嘲るのに終るのである。彼の俳句を閲《けみ》して行ったら、ついにこの「自嘲」が全体を通じた一番大きな特色かも知れないのである。芭蕉と一茶との句を比較的多く解釈した上は、明治俳句の復古の功を双肩に荷っている子規の句をもさらに若干ここに掲げて見たいと思う。

口紅や四十の顔も松の内　子規

四十代の女も年が改まって松の内となれば、一つは儀式からまた一つは身嗜《みだしな》みから、薄化粧をもし口紅をもつけて、ちゃんとしておるというのである。世の中の普通の儀式などを軽んじなかった作者の心持ちはこういう所にも現れておる。

暖かな雨が降るなり枯《かれ》葎《むぐら》　子規

葎は枯れてしまっていて、春になったとはいうもののまだ春が浅いから、少しも青いものは見えぬ、けれどもさすがに春らしい暖い雨が降って、その枯葎の上に降りかかっているというのである。春の初めのある光景を捕えたもので、実際よくある光景である。口紅の句にしてもこの句にしても非常にモデレートであって、少しも奇を弄《ろう》するようなところ不自然なようなところのないのが、この子規の特色である。もっともこれらは明治もまだ日清戦争などのあるより前の時代の句であるが、この自然を貴ぶところ、また客観的の描写を重んずるところ等が、主な傾向となってついに明治の一特色をなすに至った写生句というものが現れて来た。もっとも芭蕉以来の句にもすでに事実そのままを写すという傾向のあったことは、前にも陳《の》べた通りであるが、この明治に入っての写生句というのは、さらにその度を強めて、精細にものを見てそれをなるべく客観的に写すようになって来たのである。自然些事をも厭わずに句にする傾きも多くなって来たのである。主としてそういう句をこれからあげて見よう。

草庵

雪の絵を春も掛けたる埃《ほこり》かな　子規

これは子規の庵を訪うたことのあるものは、誰も一度は必ず目に入れたに相違ない。木立に雪の降っておる小さい水絵が楣間《びかん》にかかって久しい前から位置もかえずに掛っていた。——今でも旧のごとく掛っている——それをそのまま句にしたので、雪の絵を春もそのままに掛けておる、そうして久しく掛けたままになっているから埃が積っておるというのである。精細な写生ではないが正直な写生である。

手に満つる蜆《しじみ》うれしや友を呼ぶ　子規

蜆を取りに野面《のづら》に出た時の句で、蜆を取っていると手に一杯取れた。その辺を見渡して見ると、友は少し遠方にいるので、「おいおい、こんなに蜆が取れたから、早くその籠を持って来てくれ」と、呼ぶのである。今までは蜆を取る方にばかり夢中であって、友と離れておる事などは心にかからなかったのであるが、手に一杯蜆が取れてみると、それを入れるものがなければならぬ、初めて籠を持っている友の事に思い及んで、それを呼ぶというのである。些細《ささい》なことを言うたものであるけれども、何の巧みもなく事実を叙しておるために力がある。

連翹《れんぎょう》や紅梅散りし庭の隅　子規

この句のごときも何でもないことを言ったようであるけれども、事実をそのまま写生しているところに隠すことの出来ぬ力がある。ある庭の光景で、そこの紅梅はもう散ってしまったが、その頃庭の隅《すみ》には連翹がもう黄色い花をつけていた、というのである。紅い紅梅の花の散ってしまったのは目立たしいが、しかもそのあとにもうちゃんと外の花が咲いている、それは庭の隅に在る黄色い連翹の花で紅梅ほど目立ちはしないけれども、それでもなお人の目は自らそれに映って、小庭ながらに春花に富むような感じがするのである。この句のごときは非常に自然である、ありのままを写生したのである。

野道行けばげん〳〵の束のすてゝある　子規

野道を歩いておると、そこには菜の花も咲いていよう、田の中には五形花《げんげん》も咲いていよう。しかしそれらは目に入らぬので、野道に束ねた五形花の棄ててあるのが著しく目についたのである。我より先にこの道に遊んでいたものは子供で、それは五形花を摘《つ》んで束にして遊んでいたのが、終《しまい》に飽《あ》いてかく地上に棄てて去ってしまったものであろうというのである。ただ一点の五形花の花束を地上に描き出したところに単純な明確さがある。

浦家先生の家に冷泉あり

庭清水藤原村の七番《ばん》戸《こ》　子規

浦家先生というのは漢学の師範をしている人であって、維新後も塾を開いて、そこに通学している人は多かった。そこは松山市外の藤原村というところで、丁度そこが七番戸であったものと見える。この家は薬師の清水という有名な清水の湧く所のすぐ近処で、その浦家先生の家にやはり冷泉が湧いたのである。そこでその冷泉が湧く浦家先生の家は藤原村の七番戸だというのである。この句はただこの七番戸が生命で、そこまで事実を摘み出して来たところに、いかにも田舎らしい家を彷彿《ほうふつ》せしむる力があって面白いのである。これが何十番戸というのではそれほど人の注意もひかず、またその家がどんな家であるかということもわからぬのだが、たった七番戸で、しかもその庭に清水が湧いているとすると、大概もの淋しそうなその家の想像もつくのである。七番戸を見出して、しかもそれを句に用ゆるところに写生の信仰はあるのである。

地に落ちし葵《あおい》踏み行く祭かな　子規

これは加茂《かも》の葵祭を詠じたもので、葵祭にはさまざまのものに葵を掛けるのであるが、その葵が地に落ちている、それを人が踏んで行くというのである。葵祭を描くにもいろいろの事があるであろうが、その葵が地上に落ちていてそれを人が踏むという一事実を捕え来《きた》ったところが、この句の清新な味のある所以《ゆえん》である。かく新しき事実の発見が写生の大事である。

梅干すや庭にしたゝる紫蘇《しそ》の汁　子規

梅干を作る時の光景で梅を紫蘇の汁に浸して置いては干し干しするのである。それで竹の筵《むしろ》のようなものの上に梅を干すと、その梅についている紫蘇の汁が庭に垂れるというのである。地上を赤く染めている、紫蘇の汁も想像されるのである。これもまことに一些事を見つけ出したものであるが、それによって梅を干している光景に魂が這入《はい》って、動かすことが出来ぬようになっているのである。やはり写生の力である。

葭簀《よしず》して囲ふ流れや冷し瓜　子規

ある茶店の前に清水の流れがあって、その流れを葭簀で囲っているのは何をしているのかと見ると、そこに瓜を投げ込んでその清水で冷しておるのであるというのである。往来に葭簀を囲うていわゆる葭簀茶屋を出しているなどは少しも珍しくないが、これは流れを葭簀で囲っているところに新しみがあるのである。そうしてこれは机の上で考えても及びもつかぬことで、そういう実景を見たことがあって、それを写生したからこそ出来たのである。

鴨の子を盥《たらい》に飼ふや銭《ぜに》葵《あおい》　子規

鴨の子の孵《ふ》化《か》したては池や川に放すわけに行かぬので、盥を庭に置いてその中に飼うて置く。小さい雛はうようよとその盥の中で騒いでいるのである。その傍《そば》には銭葵の花が咲いておるというのである。夏の庭のある光景を捕えたものであるが、子鴨が盥の中に飼われているのは珍しいところを見つけたものである。そればかりでは何となく物足らぬが、傍に銭葵の小さい花が沢山咲いているところを見つけたことによって、ちゃんと一幅の画になったのである。鴨の子も小さいのが盥の中にうようよしておる、葵も小さい赤い花が青い葉かげに沢山咲いている、そこに景色の調和もあるのである。

稲刈りてにぶくなりたる螽《いなご》かな　子規

子規はよく稲の中道を散歩して螽を研究したことがあった。そうして稲を刈ってしまう頃になると、螽は大変弱ってしまって以前のように活潑に跳ね飛ばず、人の来るのにもようやくに飛び逃げるという風に、大変にぶくなる事を発見して、この句を作ったのである。この句のごときは長い日数の研究を経て出来た写生句である。

小庭

野《の》分《わき》待つ萩《はぎ》の景色や花遅き　子規

前置きに在る通り、自分の家の小庭を詠じたので、その庭に在る萩はまだ花が咲かない。毎年今頃になるといつも野分が吹いて来て、この萩はもとより多くの草花を地にすりつけて傷《いた》めてしまうのであるが、今年はまだその野分も来ない。しかし庭の景色を見ると、もうまあ野分が来るであろうと萩なども待設けているような景色に見えるというのである。萩が待設けている訳ではないけれども、毎年野分の前に見るのと同じような庭の模様であるので、そんな心持ちが作者の頭に起るのである。この句のごときもちょっと見てちょっと写生したという句ではなく、年を閲《けみ》して自然親しんだ景色の写生である。趣の深い写生である。写生もこういう風に進んで来なければ駄目である。

煤《すす》掃《はき》の埃《ほこり》しづまる葉《は》蘭《らん》かな　子規

煤掃をすると家の内は綺《き》麗《れい》になるけれども、一時は煤埃《すすほこり》が空中に舞い上ってその辺一面に大荒れに荒れるのであるが、その煤掃も終って暫く時間が経《た》つと、空中に散ばっていた埃も自然と地上に静まって来る、その埃は庭の葉蘭の上にも懸っているというのである。葉蘭の大きな葉の上に埃が静まったという事が、いかにも的確に空中全体の埃の静まった事を証明しているような心持ちがするのである。この句のごときも写生の句である。これで子規の句の解釈も終りとしよう。

以上の解釈で大概俳句というものはこんなものだ、こんな風に解釈すればいいものだという事がわかったことと思う。けれども限りある紙数になるべく多くの句を解釈して見ようと思ったために多くは略解に流れて、一句を詳解するという事はあまりしなかった。ここに天明時代の二、三句に向って比較的詳解を試みて本書を終ることにする。

等持院寓居

元日や草の戸ごしの麦畑　召波《しょうは》

この句の作者召波という人は蕪村の門人で、漢学の素養があった人で、卓然とした見識もあったのであろう。蕪村に導かれ、かつ重んぜられておった人で、格調は最もよく蕪村に似ている。蕪村の句が金ぴかの上下《かみしも》を着、長い朱鞘《しゅざや》をぼっこんだような趣とすると、召波の句は麻上下《あさがみしも》を着て、寸の短い大小を腰にしたような趣があるといってよかろう。品格がよくて引きしまっていて、元禄天明を通じて、大作家の一人に数えられる。等持院というのは京都から嵐山に行く途中に在る寺で、嵐山に行った事のある人は、等持院の門前を通ったことがあろう。「等持院寓居」というのは、召波がその等持院の一間か、あるいは境内《けいだい》の小庵か何かを借りて、そこを仮《か》り住居《ずまい》としていたのであろう。その仮り住居をしている時、丁度元日に際会したので、次のような句を作ったというので、その事を特に前置として置いたのである。さて「元日や」というのは、ただ元日という事を現すためにいうたので、この「や」の字には別に意味はない。俳句では、昔からこのような文字を切字《きれじ》といっている。この切字という事につ いて、やかましい事をいう月並《つきなみ》俳人もあるが、別にやかましくいう必要はない。これを俗言に喩《たと》えていうと、我らが話をする時に、きっと「何々です」とか「何々だ」とか「何々した」とかいう、この「です」「だ」「した」などいう文字がないと、話につづまりがつかぬ。また我らが文章を作るにも「たり」「ぬ」「けり」等の文字で一節一節の結びをつける。俳句の切字というものも、これと同様のもので、元来俳句は十七字でまとまっている文章の一節のようなものであるから、同じく意味のつづまるところがなければならぬ。すなわち自然に切字というものが必要になって来る。切字はかかる自然的のものであるから、その中にも、文章と同じく「たり」「ぬ」「けり」等の文字もある。が、最も多く用いられてちょっと普通の文章と異なっているのは、「や」「かな」の二つの切字である。しかしこれも決してむずかしい意味があるのではない。「元日や」というのは、ただ「元日」といったばかりでもよいが、「や」という字をここに置くため「元日」という感じを深く人の頭に起さすようになる。たとえば普通の談話の時でも「元日にこうこう」というより「元日にねこうこう」という方が、人の頭に「元日」という感じを深く呼び起すことになる。「ね」という字に意味のないごとく「や」という字にも意味はない。しかし俳句にて「や」という場合は、きわめて広いので、大概な場合を「や」の字一字で間に合わしてしまう。それは元来十七字という短文字の詩であるから、つとめて文字を節略せねばならぬ。その文字のうちでも、動詞、関係詞、形容詞、副詞等をつとめて節略する。「や」という字のごときは、この点において最も便宜な字で、例えば「春風や」という場合のごとき「春風の吹くや」「春風の吹く日や」「春風の吹いて長閑《のどか》なる様や」というごとく、だんだん春風に伴う形容動作等が、この「や」の字一字に対して聯想《れんそう》されて来るように出来ている。何も「や」の字一字にさほど沢山の意味があるわけではないが、動詞や形容詞のあるべきを略して、名詞の次に直ぐ「や」を置く事が、昔からの習わしになっているので、自然と「や」という一字に一種の特別な意味があるようになって来たのである。すなわち俳句の文法の上に、こういう約束が成立っているのである。「元日や」も同様で、「今日は元日であるよ」「心地よい静かな元日よ」というような心持ちが「元日や」という五文字の内につづめられているのである。これは独り「や」の字ばかりの働きではなく、無論「元日」という文字に伴う聯想も多いのであるが、「元日の草の戸ごしの」というのと、「元日や草の戸ごしの」というのと、元日という感じを人の頭に起こす力の上に強弱がある。「元日や」という方が「元日」という感じをしっかりと人の頭に起こす。これは「や」の字の働きといわねばならぬ。「や」の字の説明はまだ足りぬが、まず上陳のごとく、切字として、文章の一段落をなし、かつ文字の節略をなすという事が、とりあえずここに説明して置くべき二つの大きな働きであろうと思う。次に「草の戸ごしの麦畑」というのは、等持院寓居の目前の景色で、「草の戸」というのは、草を結んだ戸、草でこしらえた戸、というので麁末《そまつ》な戸の事、その戸を越して彼方《かなた》に麦畑が見えるというのである。なおこれを詳しく説明すると、あまり高くない竹垣か生垣が庭を囲うておる。その垣の中ほどにいわゆる柴の編戸《あみど》とでもいうような、麁末な戸がある。座敷に坐るか、縁《えん》にでも出て見ると、その戸を越して、すなわち戸の上から向うに、ひろびろと麦畑が見えるというのである。草の戸というのは、元来草で編んだ戸の事であったらしいが、前にもいうごとく、麁末な戸というべき場合に、後には草の戸というようになったのである。草庵というのも、侘《わ》び住んだ庵で、必ず草で葺《ふ》いた庵ではなく、草家《くさや》というのも必ず草で葺いた家ではない。草戸もそれと同じ事である。この麦畑という二字の名詞も、普通の文章としては、何の事だかわかるまい。麦畑がどうしたのだろうという疑問が、必ず人の脳中に起らねばならぬ。これもまた俳句の約束として、下に動詞が略されているのである。すなわち「麦畑が見える」とか「麦畑を見る」とかいう意をなして、文字を略しているのである。「戸ごしの」の「の」の字は、普通の文章にも用いらるれど、なお詳しく説明すれば「戸越しに在る」というぐらいの意味になるのである。故に厳密にいうと、この麦畑という名詞でも意味が切れて、名詞それ自身が、切字の名代をも務めているようなものである。もしこの句を散文に翻訳すると「今日は元日なり、草の戸越しに在る麦畑を見る」とでもすべきであるが、それでは調子も悪く、文字も粗笨《そほん》になるので、「元日や草の戸ごしの麦畑」と整然とした十七字にしたのである。まず等持院の寓居を想像せよ、京都近郊の田舎に在る、しかも足利歴代の将軍の位牌《いはい》木像などの由緒《ゆいしょ》ある古い大寺を想像せよ。その大寺の裏がかったところにあるささやかな一間を想像せよ。俗家は、皆新年の事であるから、門松を立てたり、〆飾《しめかざり》をしたりしている中に、お寺の元日はしんかんとして、平生《へいぜい》静かな上にも、ことに静かな趣を想像せよ。召波一人、その静かな一間に在って、低い垣ごしに外面《そと》の麦畑を見ている趣を想像せよ。召波はこの時詩情動いて「元日や草の戸ごしの麦畑」という句を得たのである。寺の一間の元日の静かな趣に、人は趣味を感じないだろうか。垣ごしに外面の麦畑の見えるような田舎びた光景に人は趣味を感じないだろうか。このごとく両者を取り離して別々に考えて見ても、それぞれ面白い趣がある。さらに両者を結び附けて、元日の寺の一間にいて、垣越しに外面の麦畑を見る、その時の心持ちを想像して、一層深い趣味を感ずるのは勿論の事であろう。もし月並宗匠《そうしょう》に、この場合発句を作らしたら決してこうはいわぬ。ついでに月並的の句と、文学的の句との区別を、ちょっと説明して見よう。これ反面からこの価値を明かにする所以《ゆえん》であるから。月並宗匠がこういう場合に作る句は、かくのごとく目前の景色を無造作《むぞうさ》にいってのける事はせぬ。何とかここへ一理窟を持って来る。寺にわび住む我でさえ目出度《めでたい》新年に逢う事が出来る、などいうぐらいならばまだよいので、寺だから飾や門松は立てぬ、その代り自分の心の内に、門松が立っているとか、何とかいうかも知れぬ。月並的の句はあまり作った事がないから、その真似をすることは出来ぬが、要するに月並は、ある景色を面白いと感じても、その面白い景色をそのままに叙することをしないで、何とかそこに理窟をこじつけ、その理窟を面白がるのである。たとえば、三日見ぬうちに莟《つぼみ》であった桜が、もう満開になってしまった、というだけでは満足しないで、「世の中は三日見ぬ間に桜かな」といわねば承知せぬ。すなわち桜のまたたくうちに咲くという事を世の中の事にたとえ、世の転変は皆かくのごときものであるといわねば、面白くないように心得ているのである。暁になって湯婆《たんぽ》がさめた、というような場合には、何となく淋しく哀れなような心地がして詩情が動くものである。その暁になったから湯婆がさめた、とそのままにいえば、趣味のある文学的の句になるのであるに、月並家はそれでは不承知なので、「夢よりは先へさめたる湯婆かな」というて得々としているのである。ただ早くさめたというだけでは面白くない、夢よりさきにさめたといってはじめて面白いというのは、湯婆のさめたことには趣味がないが、夢よりさきにさめたと理窟をいうところに趣味があるという事になる。さて以上のような月並的の句と、召波の元日の句とを比較したらどうであるか。等持院の一間にいて、垣ごしに裏の麦畑を見ながら、元日の長閑《のどか》な淋しい趣味を感じた召波は、「世の中は」とか「夢よりさきに」とかいうことは言わなかった。ただ目前の景色そのままを叙して、「元日や草の戸ごしの麦畑」と言ったのであった。この目前の景色そのままを叙するという事は、俳句の上に最も大切な事である。ついでだから画《え》についてちょっと説明して見よう。菜の花の咲いている景色を見て、美しいと感じた時、いかにしてこれを画に書くであろうか。否《いや》でも応《おう》でも菜の花の咲いている景色をそのままに写さねばなるまい。菜の花畑の間に細い小路《こみち》があるのが面白ければ、その小路も写さなければなるまい。その傍に古びた草家が一軒あるのが面白ければ、その草家も写さなければなるまい。すなわち何でも眼に見たところそのままを写せば、その天然の景色が画かきに面白いと感じさせたように、その画は見物人に面白いと感じさすのである。俳句は文章、画は色彩、その相違はあるが、その美感に訴えるものであるという点に二つはない。召波の「草の戸ごしの麦畑」というのも全く目前の景色を写した画のようなものであると見ればよい。なおちょっと附加えて置きたい事がある。それはこの句に、何故「等持院寓居」という前置を置いたかという事である。前にもいったごとく、実際等持院で作ったのであるから置いたといえばそれまでだが、それはこの句のみならず、どの句にでもそれぞれ作った場所がある。しかるに他の句には前置がなく、この句には前置のあるのはどういうわけであるか。その他の句のごときは、作った場所を指定していなくても、その句の趣味を解する上に格別の相違がない、しかるにこの句のごときは、少なくとも「寺」という事が明かでなければ何故「草の戸ごしの麦畑」といったかがわからぬ。前の解釈中にもいったごとく、「他の在家すなわち百姓などでは、新年の事であるから、門松〆飾などで飾り立てられた中に、寺であるから何もない」という意味が、前置によって聯想さるればこそ、「草の戸ごしの麦畑」という淋しい鄙《ひな》びた、元日らしからぬ景色が生きて来るのである。総《すべ》て前置というものは、かくのごとく置かねばならぬ必要ある場合に限りて置くべきものであって、必要のないのにむやみに置くべきものではない。

雛店に彷《ほう》彿《ふつ》として毬《てまり》かな　召波

雛店というのは、説明をするまでもなく、節句前に雛人形を売っている店。新暦の三月三日はまだ薄寒いが、旧暦の三月三日は、いわゆる桃の節句で、桜も咲けば、桃も咲き、蝶も飛び蜂も飛ぶ、一年中の最も長閑《のどか》な季節である。五節句の中で、雛祭りという時候の関係からいっても、華美な艶麗な感じで聯想さるる。紅白粉《べにおしろい》をつけて美しく著飾《きかざ》っている女の子を聯想する。のみならず、雛そのものがきわめて濃艶なものに出来ている。雛店というと、目の前に描き出されるのは直ちに店一杯真赤な色をしている、その赤い中に、金色もあれば、青色もあり、紫色もあり、白色もあり、紅紫《こうし》燦爛《さんらん》、人目を眩《くらま》するような感じである。さらに眼を定めてよく見ると内裏《だいり》様《さま》もあれば、官女《かんじょ》もあり、五人囃《ばや》子《し》もあり、衛士《えじ》もあり、小町姫もあり、また雛道具としては箪笥《たんす》、両替、膳、鏡台、ボンボリ、屏風《びょうぶ》、各形をなして種々雑多のものである事がわかる。東京あたりの雛店は、ことに十軒店とか両国とかいう専門的の雛店は雛人形、雛道具しか並べておらぬ。交《ま》ぜ物なしである。しかし東京でも専門的でない、平生《へいぜい》オモチャ店であるのが、節句前になって急に雛店に変ずるというような所は、片隅《かたすみ》になお多少のオモチャが割拠している。京都あたりでも専門的でないのは恐らく東京などと同じ事であろう。かような店があるとしてさてこの句の解に立入るとしよう。雛店に彷彿として毬かな。毬を「てまり」と読ますつもりであろう。彷彿は「ほのめく」とか、「あるかあらぬか」とか「さもにたり」とかいうような字義を持っている。雛店が上述のごとく美しいものであると同時に、手毬というものも赤や青の糸で飾った、形も手頃なまんまるい可愛ゆい美しいものである。手毬一つだけ手に取って見ても美しいものだが、それが沢山一緒に置いてあると、あの雛店の紅紫相映ずるというほどには行かぬとしても、赤糸青糸相映じ累々乎《るいるいこ》として錦を織り出しているところはきわめて美しいものである。なお雛と手毬とその色において相似を持っているばかりか、その性質からいっても似ている。一は飾り立てられて美しく祭られるのと、一は手に握られて玩《もてあそ》ばれるのと相違はあるが、どこか似通っているところがある。その手毬が雛人形や雛道具が並べ立てられた店の片隅に在る。その店に並べられてあるか、上から釣り下げられてあるか、どちらにしても、雛店の一部にうち交《ま》ぜられて売られてある。

召波はこの場合「雛店に彷彿として毬かな」という句を作ったのである。これで概略この句の意を解し得たものと思うが、さらに贅弁《ぜいべん》を附加して置こう。この「彷彿として」という中七字が、最も作者の技倆を認めてやらねばならぬところである。仮に「雛店の片隅に在る手毬かな」とでもいったものと仮定して見ると、同じ景色を捉えて来たには相違ないが、句の価値は数段の相違がある。「片隅に在る手毬かな」といったただけではただ片隅に手毬があるという事だけが説明的にわかるばかりで、雛や手毬についての美しい聯想が浮んで来ぬ。ただ「彷彿として」という中七字があるために句の美しいこともまた手毬の美しいこと、また共に美しい中にも場処の広狭、品位の高下、美しさの主客等が自然に聯想されて来るのである。雛店がある。雛人形や雛道具が美しく飾り立てられてある、その一方に手毬がある、さてその手毬も赤や青やいろいろの糸で綺麗にかざられているのが、雛様の美しいのとさも似ている、どこか雛の面影をうつしたように見える、何だか雛様の影法師がそこに映《うつ》っていてそれが手毬になっているような心持ちがする。孔雀の傍に鶏がいるような感じで、孔雀と鶏との間に品位や美しさの相違はあるが、しかし孔雀の傍にむぐらもちがいるような相違ではない、どこかに相似た点がある。雛と手毬との関係はあたかも孔雀と鶏との関係のようなものである。「彷彿として」というのはそこの心持ちをいったのである。たとえば、ぼんやりと幽霊のようなものが見える、こういう場合に彷彿として人影を認めるというのである。人間の幽霊では心細いが、雛様の幽霊が出て、それが手毬であったのは美しいばかりで少しも怖《おそろ》しい事はない。また「彷彿として」という二字があるために何だか雛にも手毬にも魂が這入《はい》って両者共に有情《うじよう》なものとなったような心地がする。もっともそれは雛や手毬が動き出すというのではない。作者の趣味深き観察が両者の間に一種の情を吹き込んだのである、作者の情がやがて両者に寄せられたのである。雛店は「ひなみせ」と読んでも「ひなだな」と読んでもよい。彷彿は「ほうふつ」と音読する。

蚊《か》帳《や》くぐる女は髪に罪深し　太《たい》祇《ぎ》

この太祇の句の性質は蕪村とはすっかり違っている。蕪村が士《さむらい》ならこれは町人といってもよい。蕪村が九代目団十郎なら、太祇は五代目菊五郎である。蕪村の句は天籟《てんらい》的《てき》で大きな岩石の峙《そばだ》っているような趣がある。太祇のは人籟的で小さい石で築き上げたような趣がある。前にもいったごとく召波の句はある一面たしかに蕪村に似ている。

しかし太祇の句は全然歩調を異にしている。もし太祇に似たものを求めたなら几董《きとう》であろう。几董は召波と太祇との中間にいるものといってもよかろう。かくいうと蕪村と太祇とは非常に異なっていて、あるいは同一標準では論ずる事が出来ぬと思う人があるかもしれぬが、しかしこれも度合論だ。蕪村と太祇とその間に全く別個の趣味があるには相違ないが、しかも共に天明の俳人たる事においては一致している。他の関係は一切取りのけて蕪村、太祇等の仲間だけで比較すればこそ非常に違ったもののように思われるが、これを元禄の諸俳家と比較する時は、萩《はぎ》や女郎花《おみなえし》の秋草に対して牡《ぼ》丹《たん》や百合の夏草を見るようなものである。元禄時代の諸俳家の句はめいめい比較すればまたそれぞれ違っている。萩と女郎花のように違っている。しかしとにかくに秋の草には相違ない。それと同じく天明時代の諸俳家の句を、それぞれ比較して見ると牡丹と百合のように違っている。しかしとにかく夏咲く花という点においては争われぬ相似の趣味を持っている。蕪村と太祇との比較もちょうどこんなものである。もし蕪村と召波とが牡丹と芍薬《しゃくやく》との比較とすると、太祇はまず百合ぐらいのものであろう。しかしこれを、も一歩進めていうと、元禄の俳人も天明の俳人も秋草夏草の相違はあるにしてもやはり草花たる点においては一致している。桜とか柘榴《ざくろ》とか梨とか松とか樟《くすのき》とか樅《もみ》とかいうものと比較したら、やはり草花としての相似点を持っているといわねばならぬ。すなわち芭蕉の文学としての俳句は、他の桜や松や樟やに相当する他の文学と比べたら、いかなる時代を通じてもほとんど同じものと言わねばならぬのである。その差を論ずるのは草花の中の差を論ずるのである。俳句を芭蕉の文学として講ずる本書においては、その差は大問題とはならぬのである。太祇は句三昧《くざんまい》と称《とな》えて一切他事を擲《なげう》ち蟄居《ちっきょ》して句作にのみ苦心する事などがあったそうな。とにかく作句に苦心して熱心であった事は古今有数の一人とせねばなるまい。その句の傾向は平生目《へいぜいもく》睹《と》する卑近な人事景色の内から、比較的趣味の深い趣向を見つけ出して、屈折をつけて平凡でないように叙するのである。団洲が好んで英雄豪傑に扮するように、蕪村の取材は必ず卑近でない方に傾こうとしている。よし卑近な人事を叙するにしても、一度蕪村の口に上ると、どことなく蕪村的となってしまう。団洲が百姓町人になっても団洲的となってしまうのと同じ事である。蕪村の句だから蕪村的となり、団洲が演ずるのだから団洲的となるのは当然の事で、不審するのがそもそもの間違いではあるが、その不得意な方面に働くために、面白いと感ずるよりも、多少の不自然を感じて、いわゆる蕪村臭、団十郎臭を感ずるのである。しかもその趣向が太祇の手に移ると、その得意の舞台であるためにそれが活動して描出されるのが、丁度大工や左官が菊五郎の畑であって技、神《しん》に迫るのと同様である。ここの所をよく弁《わきま》えて太祇の句を読まんと、蕪村や召波の句を読みなれて突然太祇の句を見たら、品格が悪くって光沢が少なくって、興味が索然《さくぜん》としてしまうような心持ちがするであろう。しかも太祇の句の決して趣味索然たるものでない事は、この一句を解釈してもわかるであろう。「女は罪深きもの」という事は、古くよりいい習わすところである。この句はその言葉をそのまま借りて来て、蚊帳に這入る時の光景を叙しているのである。男ならば大きな髷《まげ》を結《ゆ》っておるでもなく、かつ丁髷《ちょんまげ》が少々こわれたところで格別もないが、女の髷は大きなものであるから、とかく蚊帳に這入る時にひっかかりやすい。従ってその髷をこわす憂いがあるので結い立ての髪などは、ことに大事そうにして蚊帳をくぐる。そこを見て太祇が作ったので、女は罪が深い深いと世間でいうが、あの蚊帳をくぐる時を見ても罪の深いのがわかる、といったのである。「髪に罪深し」という言葉は曖昧な言葉である。何も女の罪深い事は髪のみに原因しているのではないが、ただこの場合に触目《しょくもく》すると同時に、「女は罪深いものである」という言葉があるのを思い出し、「髪に罪深し」といったのである。これを普通の文章のように、「髪を見るにつけても罪深い事がわかる」と延べていったら、たるんでしまって俳句にならぬ。たとえ少々言葉に無理があろうとも、調を整えて言葉を出来るだけ省略していったところに面白味があるのである。さてこの趣向はどうであるか。前にもいったごとく、いかにも卑近な我らが日常よく目に触れている平凡な事実である。蕪村であったら、たとい目にとめても棄てて顧みぬ事実である。その蕪村が「草の戸によき蚊帳たるゝ法師かな」とか「蚊帳釣つて翠微《すいび》作らん家の内」とか、かように飛び離れた趣向を案じている間に、太祇は目前の卑近な事実を捕えてこの句を作っている。卑近な事実を捕えて作ったのではあるが、その句柄《くがら》はどうかというに、「罪深し」などいう語を巧みに斡旋《あっせん》し、言葉に屈折をつけ、調子をひきしめて卑俗ならざる句にしている。もっとも蕪村召波などの句のように品格のよい句ではない。しかしてこんな趣向をこれぐらいまでにこぎつけて、さほど下卑《げび》た句にせぬところは太祇の手腕を認めねばならぬ。我が日常目睹している事実の点からいえば陳腐な事実である。しかし古《いにしえ》よりこの事実を取って俳句にした者はない。否これを俳句にしようと思いついて、その事に注意する人が一人もなかったのであろう。一歩を仮《か》してその人はあったとするも、その事実をこれほどの句にする人は、一人もなかったであろう。太祇なる人があってはじめてこの平凡な事実を平凡ならざる句にしたとすれば、この一句だけでも敬服せねばならぬであろう。ましてこの種の句は、太祇集中の一半を占めているので、やがてはこれが太祇の特色をなし、容易に他人の模倣を許さぬとすれば、さらに大いに敬服せねばならぬであろう。蕪村の句は模しにくい、太祇の句は模しやすいという事は、夙《つと》に世人のいうているところで、またそれはたしかに事実だが、しかしそれも比較的の話で、太祇の句も決して模しやすいことはない。試《ためし》に太祇のこの種の句を模して見るがよい。それは終《つい》に卑俗な句になってしまって、容易にこの太祇のような気の利《き》いた句は出来ぬであろう。蕪村の句の模し難いのは著想の点が多き（マヽ）にいるので、思いもつかぬものとあきらめる人も、太祇の句は著想が卑近なだけに及びやすいことのように思うが、よし著想だけ及ぶとしても、太祇のようにいいこなすことは容易でない。

短夜《みじかよ》に敵のうしろを通りけり　几董

几董は前にもちょいちょいといったように蕪村の高弟であって、天明作家中五指の中に在るべき人である。その句柄《くがら》は蕪村に似ているところももとよりあるが、どちらかといえば太祇に学んだ所が多いようだ。召波が蕪村に似ているように几董は太祇に似ているのである。短夜というのは夏の夜の事で、日が長くなって最も夜の短くなるのは夏であるから、短夜というとすぐ夏の夜の事になる。さてまた単に短夜といっただけで、その意味は三通りになる。一つは夜涼みなどをしてしまいに人の寝るぐらいまでの間、すなわち夕暮から十時ないし十二時ぐらいまでの間をいうので、次はどことなく白みかけて早や明けかけたという時分、すなわち三時から四、五時頃の間、かの「明け易《やすし》」というのはこの場合である。次はまたそういう一部分をいうのでなく、短夜全体をいうので、日が暮れてから明けるまですっかりいう場合である。短夜という字の本義からいえば、この最後のが一番普通なわけであるが、しかし我らの実際感じるのは起きている場合のみであるから、短夜を詠じた俳句のうちには、はじめと中との場合が多い。すなわち宵《よい》と暁《あかつき》との場合が多い。なお筆のついでであるからちょっと爰《ここ》でいって置きたいのは、日永《ひなが》が春で、短夜が夏で、夜長《よなが》が秋で、短日《みじかび》が冬であるのは、理窟からいったら合わぬ話になる。短夜と短日とはよいとして、日永と夜長は理窟に合わぬ。春と秋とはどちらかといえば昼夜平分である。春季皇霊祭と秋季皇霊祭を中心にしてその前後には多少の差があるにしても、夏や冬に比すれば平分に近い。それであるのに夏を日永、冬を夜長にしないで、春と秋とにしたのは不理窟極まるわけになる。昔の人は不注意であったかも知れぬが、今の人はすぐこういう事に気がつく。なるほどこれは一応もっともであるが、再考すると理窟に勝って感情にうとい説になる。春はなるほど事実からいって日永の代表者たる資格はないが、しかし今まで夜が長くって日の短かったのが彼岸の中日（春季皇霊祭）になって昼夜平分し、それからだんだん日の方が永くなって夜の方が短くなる。終に夏至に至ってその極に達するが、しかし日永を感ずるはその極点の時よりも今まで短かったのが、これからだんだん長くなって行くという時である。これは人の談話を聞いて見てもわかる。夏のまん中頃、「この頃滅法に日が長い」などいわぬ事もないが、しかし春の半頃、「だいぶ日が永くなって来ましたな」という挨拶の方がむしろ多い。夏になってしまうと日の長い事になれるのである。だから、理窟からいったら日永は夏でなけりゃなるまいが、感情からいったら春である。秋の夜長も全く春の日永と同様である。理窟からいったら冬が一番夜長であるが、感情からいったら秋の方が夜長の感じが強い。右の外なおも一つの理由は、仮に一歩を譲り、よし実際の感じも夏の方が日永という感じが強い、冬の方が夜長という感じが強いとしても、その趣味の点から、春に日永の趣秋に夜長の趣があるのである。夏は日が長くても暑さに苦しむ所から「日永かな」などと呑気《のんき》に趣味を味わっている遑《いとま》がない。暑い方からというと、「日盛り」というような感じが強いし、また人事からいうと「昼寝」でもしてしまうようになり、「日永」というような悠長な趣はかえって夏には乏しいのである。それに反し春の方はよし夏ほどに永くないにしても、暑からず寒からず身体に好適の時候であるから、他の「長閑《のどか》」、「うららか」などいう感じと共に「日永」という趣味は十分にある。秋の夜長もまたこの点において春の日永と同様である。さて夏の短夜、冬の短日はどうであるか。これは事実からいって春の日永、秋の夜長のような不合理の問題は起こって来ない。すなわち実際夜の最も短いのは夏、日の最も短いのは冬であるから、その点に何の不審もおこるわけはない。しかしかえって春を日永、秋を夜長という以上は何故に春を短夜、秋を短日とはいわぬかとの疑問が起こるかもしれぬが、そこはまた実際の感じ及び趣味の点から説明されるのである。すなわち日永という実際の感じは前にもいうごとく夏でなくかえって春の方である、短夜という感じは春でなくってかえって夏の方である。「マア夜が短くなった事、四時頃にもう明るくなっている」などというのは、夏になってよく人のいう事である、また趣からいっても日永の趣は春の方に在る、短夜の趣は夏の方に在る。まだ日の出ぬ涼しいうちに起きいずるとか、明け易い空のしらしらと雲の流れている潔い感じとかいう、すべて短夜の趣は夏に至って初めて現れるのである。故に理窟からいったら日永、短夜共に夏の領分でなければならぬが、実際の感じ及び趣味の上からは日永は春に横取《よこどり》せられ、短夜のみ夏のものとしてそのままに在留していると言ってよいのである。冬の短日も同じ事で、夜長という実際の感じ及び趣味は冬でなくてかえって秋であるに反し、日の短いという実際の感じ、及びその趣味は秋でなくてかえって冬である。「実際に日が短い」というのは秋でなく、誰でも冬になっていうのである。また寒い日の暮れやすい淋しい心持ちは、冬になって初めて現れるのである。故に理窟から言ったら短日、夜長共に冬の領分でなければならぬが、実際の感じ及び趣味の上から夜長は秋に横取りせられ、短日のみ冬のものとしてそのままに存留しているといってよいのである。右のごとく考えて見ると、昔の人は直覚的で不理窟であっただけそれだけ季のものの命名など自然に文学的に出来ている。今に至ってなお改めることの出来ないのは、独り習慣ばかりでなく、この類の理由に基くのが多いのである。几董の句には必要のないことであるけれど、ついでに駄弁を費して置いたわけである。さてもとに戻って、この句の短夜は前陳の宵、暁、夜中のうち、どの種に属すべきものであろうか、まず夜中に属するものと言ってよかろう。すなわち短夜の句中最も少き種類に属するものである。句の意味は、夏の夜少数の兵士、もしくは本陣に使するものなどが、ひそかに敵の陣営の後ろを覚られぬように通り抜けたというのである。これが夜長とか春の夜とかでは、敵陣の後ろを通るというような際どい勢のよい傾向には適せん。何事も積極的な壮大な夏の夜であるから、ことに妙なのである。また前にも言ったごとく、短夜には涼しい清い感じがある、それもこの事柄の趣味に最もよく調和するのである。夜の短いという点も、敵の後ろを通るという嶮難《けんなん》な事に一層感じを強めるようになる。この句のごときは、短夜の句としても最も珍しい句と言ってよい。几董集中にも珍しい句の方である。

「芭蕉の文学」である俳句の解釈はこれを以て終りとする。

——了——

解　説

岸本尚毅

本書の意義は三つある。第一に、一般の俳句愛好家のためには分かり易い俳句解釈の手引きである。第二に、近現代俳句史に対する興味をもって読むとき、本書は高浜虚子の俳句観を知る格好の手がかりとなる。第三に、さらに長い時間軸の俳句の流れを考えるとき、本書は、虚子と芭蕉との関係を示唆する。

●俳句解釈の手引きとして

本書は、俳句の初学者向け鑑賞入門として今も十分に通用する書物である。大正七年の刊行なので、取り上げた句は今日から見ると時代が古い。芭蕉、蕪村、一茶に始まり、明治以降は子規を経て、当時の現役の作家であった渡辺水巴、松瀬青々などに至る。

今の学校教育では、子規・虚子以降の俳句は現代国語で取り上げられる。芭蕉、蕪村、一茶などは古典・古文とされる。本書は、現代国語と古文の区別はなく、芭蕉も子規も同じように読み解く。芭蕉を読むときも、古典に対する身構えはない。
俳句は「芭蕉の文学」だと言う虚子には芭蕉への思い入れがあったはずだが、句の解釈にあたっては、句の言葉に沿ってたんたんと読み解く。そこには芭蕉に対する崇拝や遠慮は感じられない。たとえば、

古池や蛙とび込む水の音　　芭蕉（本書110頁）

について、虚子は次のように言う。

「芭蕉の句といえばまず古池の句というほどに有名なものになっているが（中略）この句のごときはそうたいしたいい句とも考えられない」

「古池が庭に在ってそれに蛙の飛び込む音が淋しく聞えるというだけの句である。牽強附会《けんきょうふかい》の説を加えてこの句を神聖不可侵のものとするのは論外として、これ以上に複雑な解釈のしようはない」

「(芭蕉は…岸本注) かく何の巧もなくそのままを詠ずることが、今後俳句の歩むべき正しい道であると悟った」

「閑寂趣味とそのままの叙写という事が、この句によって初めて体現されたという事が何よりも芭蕉の満足することであって（中略）実情実景そのままを朴直《ぼくちょく》に叙するところに俳句の新生命はあるのであると大悟して、それ以来、今日に至るまでいわゆる芭蕉文学たる俳句は展開されて来たものとすれば、この古池の句に歴史的の価値を認むべきは否定することの出来ないことである」

誰もが知っている古池の句は歴史的価値はあるが「たいしたいい句とも考えられない」「古池が庭に在ってそれに蛙の飛び込む音が淋しく聞えるというだけ」であって「これ以上に複雑な解釈のしようはない」と虚子は言う。「そのままの叙写」の平凡な句というのが、この句に対する虚子の評である。虚子はさらに、

物いへば唇寒し秋の風　芭蕉（本書111頁）

について、次のように言う。

「注意すべきは言葉であるという道徳の箴言《しんげん》に類した句である。こういう句を

作ることが俳句の正道であるという事はいえない。俳句はやはり古池の句のごとく実情実景をそのままに叙するという事を正道とすべきである。この句のように道徳的の寓意を含んだ句の如きは、たまにあってもいいけれどもむしろ脇道に外《そ》れたものである」

虚子の言葉は何の衒《てら》いもなく、身も蓋もない。過剰な思い入れを排し、俳句の言葉を過不足なく読み取ろうとする姿勢は「実情実景をそのまま」という虚子の作句指針(「客観写生」)に通じる。

今日の俳句愛好者(いわゆる実作者・投句者)は、子規・虚子以後の「俳句」と江戸時代の「俳諧」とを区別し、古典・俳文学の範疇《はんちゅう》である後者は敷居が高いと思うきらいがあるが、本書を読めば、どんな俳句でもまずはそこにある言葉を素直にたんたんと読めばよいことがわかる。本書は、俳句愛好者の古典アレルギーを減じてくれるのである。

大正七年の当時は、まだ近現代俳句の黎明《れいめい》であった。四Sも新興俳句も人間探求派も現れてはいない。子規が率いた明治俳壇という先蹤《せんしょう》があったものの、いざ腰を据えて俳句を語ろうとすると、自《おの》ずと芭蕉・蕪村に至らざるを得なかった。

そのとき虚子は句の時代にとらわれず、どの句もまずは「そのまま」の句として正直に読み取ろうとした。その姿勢が快い。

もちろん虚子のようなアプローチが全てというわけでなく、たとえば其角のような凝った作風の俳人に対しては、時代背景や用語の考証を踏まえ、言外の意味も含めた句意を深く探ろうとする俳文学的なアプローチが有益な場合もある。


虚子は子規から後継者になることを望まれたが、自分は学問をする気はないと言って断った。また、俳人として将来を嘱望した次女の星野立子に対し、あまり読書を勧めなかったと聞く。おそらく、本を読んで頭でっかちになると、立子の天性というべき柔らかく素直な句風を損なうおそれがあるという理由だったのだろう。永井龍男は次のように言う。「立子の成長期のある期間、読書について父（虚子…岸本注）は不要と思惟する文章に触れることを極力圧え、たとえば小説の類の選択には相当厳しかったのではないかと思われる。その代り立子の俳句は散文とは無縁に大胆かつ純粋、感じたままを一筋に表現する直観力を体得したのではないか」（永井「虚子と立子」朝日文庫『現代俳句の世界・中村汀女・星野立子集』所収）

虚子にとって俳句は教養や「お勉強」であってはならず、修練によって言葉の芸を磨くものであった（そのような虚子のアンチ教養主義が、後年、水原秋桜子の離反を招いた一因とも考えられる）。

本書もまた、虚子らしい口吻《こうふん》で、芭蕉の句であろうが誰の句であろうが、ようするにこの句はこういうことだ、という書き方を貫いている。その意味では、本書は、研究者よりも実作者に益するところが大きいのかもしれない。

アンチ教養主義者である虚子の炯眼《けいがん》が特に感じられるのは、「そのまま」を詠った、何でもないような地味な句に、いわく言い難い面白さを見出すときである。たとえば

蜂の子の蜂になること遅きかな　子規（本書23頁）

について、「蜂の子が蜂になるのにはなかなか時間がかかって容易にはならぬ」という表面の意味だけを辿ったのでは、「句が殺風景になってしまう」と虚子は言う。そうではなく、「いつこれが蜂になることかと明暮れ眺めくらしていた」という忠実な

観察が句の裏面にあることを虚子は強調する。

一見「そのまま」を叙しただけの句を「そのまま」の事として読み過ごしてしまうことは多い。一見すると素っ気ないだけの「そのまま」の句をじっくりと味わうことの面白さを、本書は静かに、力強く語っている。

さらに言えば、そのような俳句観を共有できるかどうかが、虚子・ホトトギスの俳句を享受できるかどうかの境目だと言っても過言ではない。

●近現代俳句史における「写生」

近現代の俳句史は一種の人間ドラマであった。日清戦争で病を得た正岡子規が俳句の革新に乗り出し、その後継者たる虚子と河東碧梧桐との対立を経て、守旧派として俳壇での主導権を握った虚子は、主宰誌のホトトギスから多くの俊英（飯田蛇笏、前田普羅などの大正作家や、水原秋桜子、山口誓子などの昭和の四S等々）を輩出。近現代俳句の大きな流れを形づくる。それに対し新興俳句、人間探求派、社会性俳句、前衛俳句などの俳句を革新する動きが次々に起こり、虚子は保守派の頭目として批判の対象ともなる。

このように概観される俳句史（俳壇史）において、本書が出た大正七年は、虚子の率いるホトトギス派が最初の黄金期に向かって力強く突き進もうとしていた時期にあたる。

指導者としての虚子の偉大さは、多くの読者・投句者（いわゆる大衆）を抱え込むと同時に、俊英俳人の育成を着々と進めたところにある。

虚子は、大正六年に『月並研究』を刊行し、大正七年には本書と前後して『進むべき俳句の道』を刊行した。『進むべき俳句の道』は、本書にも登場する渡辺水巴をはじめ、当時のホトトギスの新進作家を取り上げ、俊英が競い合うホトトギスの力を俳壇に誇示した。また『月並研究』は、江戸時代の俳句を題材に「月並」について論じ、「月並」のアンチテーゼとしての客観写生に向けて虚子の俳句観の道筋をつけようとするものであった。

虚子は、新進作家の台頭を歓迎しつつも、虚子の考える「俳句」としての箍《たが》をはめることは忘れなかった。また、放っておけば「月並」に陥りがちな大衆の作品を、平凡であっても嫌みのない客観写生に導こうとする意図もあった。そのような虚子の問題意識は、本書の随処に用いられている「写生」という言葉に集約される。たとえば子規の「写生」の句を本書は多く取り上げ、次のように評している。

手に満つる蜆《しじみ》うれしや友を呼ぶ　子規（本書139頁）

「些《さ》細《さい》なことを言うたものであるけれども、何の巧みもなく事実を叙しておるために力がある」

連《れん》翹《ぎょう》や紅梅散りし庭の隅　〃（本書140頁）

「何でもないことを言ったようであるけれども、事実をそのまま写生しているところに隠くすことの出来ぬ力がある」「この句のごときは非常に自然である、ありのままを写生した」

地に落ちし葵《あおい》踏み行く祭かな　〃（本書142頁）

「かく新しき事実の発見が写生の大事」

梅干すや庭にしたゝる紫蘇《しそ》の汁　〃（本書143頁）

「梅を干している光景に魂が這入《はい》って、動かすことが出来ぬようになっているのである。やはり写生の力である」

葭簀《よしず》して囲ふ流れや冷し瓜　〃（本書143頁）

「机の上で考えても及びもつかぬことで、そういう実景を見たことがあって、それを写生したからこそ出来た」

鴨の子を盥《たらい》に飼ふや銭葵《ぜにあおい》　〃（本書144頁）

「一幅の画になった」「そこに景色の調和もある」

稲刈りてにぶくなりたる螽《いなご》かな　〃（本書144頁）

「長い日数の研究を経て出来た写生句」

野分《のわき》待つ萩《はぎ》の景色や花遅き　〃（本書145頁）

「ちょっと見てちょっと写生したという句ではなく、年を閲《けみ》して自然親しんだ景色の写生」

散文における「写生文」も含め、情景や心情の「そのまま」の描写を虚子は唱導した。このような写実主義の俳句は、子規の「写生」に始まり、虚子の「客観写生」を経て、今日の大衆化した俳句の基礎となっている。今日の俳句の風景はもとより多様であるが、俳句の入り易さと奥の深さは「写生」によるところが大きい。

子規の句に限らず、俳句に対する本書のアプローチは、句の裏にある言外の意味を読み取ろうとはしない。そのようなことを俳句に期待しないのである。本書は、俳句に用いられた言葉を一つ一つ丁寧に辿《たど》りながら、作者の心情を推しはかり、句の情景を思い浮かべる。そのような俳句へのアプローチにとって、元禄の凡兆は格好の対象であった。

肌寒し竹伐《きる》山の薄紅葉　凡兆（本書30頁）
三《み》葉《は》散りて跡はかれ木や桐の苗　〃（本書31頁）
渡りかけて藻の花のぞく流れかな　〃（本書47頁）
上行くと下来る雲や秋の空　〃（本書47頁）
ながくと川一筋や雪の原　〃（本書48頁）
砂よけや蜑《あま》のかたへの冬木立　〃（本書102頁）

など、虚子が写生の先蹤《せんしょう》と目した凡兆の句を解説する虚子の筆致そのものが「客観写生」と言うべく、一句の言葉だけを手がかりに、句に描かれた情景をたんたんと語っている。たとえば、凡兆の「秋の空」の句を、虚子は次のように説明する。

「ちょっと見るとただ一様に白い雲であるが、よく見ると上の雲はたとえば北から南に動きつつある、下の雲はそれと反対に南から北に動きつつある」「上の雲は向うに行くような心持ちがすると、下の雲はこちらに来つつあるような心持ちがする」「上層雲と下層雲とが反対の方向に動きつつある光景は、はっきりと受取れる」

句会の選者が句会で選んだ句を講評するように、虚子は凡兆の句の写実の妙を、易しく丁寧に解き明かす。このような本書の姿勢は、俳句解釈の手引きとして極めて当り前のことのように思えるが、それが昔から当り前だったわけではない。子規と虚子が「写生」の啓蒙を重ねて来た歴史を経て、今日のような「そのまま」「ありのまま」を詠《うた》う俳句の姿があることを理解すべきである。もちろん、その過程で失われたかも知れない別の俳句の可能性も否定はできない。

●虚子から見た芭蕉

虚子は間口が広く、懐の深い俳人で、その俳句や俳句観を「写生」という言葉だけで括《くく》ることは出来ない。

本書では、凡兆、蕪村、子規などの印象鮮明な句を多く取り上げるが、その一方で「芭蕉的」なものに対する虚子のシンパシーが語られている。たとえば、

あかくと日はつれなくも秋の風　　芭蕉（本書97頁）

について、虚子は次のように言う。

「他の人の言葉であるとあるいは厭味を感ずるかも知れないのであるが、元禄のしかも、始終そういう境遇に身を置いた芭蕉であるとすると、その言葉に権威があってしかも真実が籠っていて、その厭味は感ぜられないのである。こういう事をいうと、人によって句の価値を二、三にすると言って攻撃する人があるかも知れないが、俳句にはそういう傾は実際あるのである。一概にそうばかりとはいえないが、作者を離して俳句を考えることの出来ない場合は決して少なくはない」

代表句として喧伝《けんでん》される「去年今年貫く棒の如きもの　虚子」の如く、虚子自身の体質は必ずしも写生一辺倒ではない。小説家でもあった虚子の句には題詠による物語的な句も多く、文学的テーマ性は濃厚である。虚子本来の体質は、いわゆる「芭蕉的」なものに対して親和的である。

近現代の俳句史の文脈だけで捉《とら》えるならば、虚子にとっての本書は、大正期のホトトギスの隆盛（これ以降も、四S等が登場する昭和の黄金期がある）に向け、俳句の基本としての「写生」を標榜《ひょうぼう》し、流布するための手段であった。

しかしながらもっと長い時間軸で見ると、本書は、俳句が必ずしも写生一辺倒の世界ではないことを強く印象付ける。前述の子規や凡兆などの印象鮮明な写生句とは対照的な、次のような句を本書は取り上げる。

もどかしや雛《ひな》に対して小盃《こさかずき》　其角（本書42頁）
石女《うまずめ》の雛かしづくぞあはれなる　嵐雪（本書44頁）
この村の人は猿なり冬木立　蕪村（本書104頁）
飲みあけて花いけにせん二升樽　芭蕉（本書117頁）
ひいき目に見てさへ寒いそぶりかな　一茶（本書137頁）

本書は、視覚中心の写生の世界をクローズアップすると同時に、写生という言葉では包みきれない、豊かな人情の世界もまた俳句の領域であることを雄弁に語っている。特に、芭蕉とともに本書に頻出する蕪村・一茶の句の多様さ、豊饒《ほうじょう》さには目を見張らされる。

「芭蕉的」なるものとは、「俳」という文字に集約される、渾沌《こんとん》と濁った底流のようなものを思い浮かべる。史上稀《まれ》に見る俳句の目利きであった虚子は「俳句は即ち芭蕉の文学」だと言う。この言葉は、俳句の世界が一筋縄では括れない、豊かなものであるということが言いたかったのである。

底本には角川文庫版『俳句はかく解しかく味ふ』（一九五三年）を使用し、文末の欠けている部分を新潮社版（一九一八年）で補った。最後の部分（一五五頁3行以降）は、新潮文庫版（一九三七年）にも収録していない部分である（一四六頁11行の「二、三句に向って」は「一句について」となっている）。

角川ソフィア文庫として刊行するにあたり、新字新仮名遣いに改め、送り仮名は本則によった。また、不要と思われるルビを省き、読みにくい部分にはルビを適宜補った。明らかな用字の誤りを正した部分もある。

なお、執筆当時の社会情勢を鑑み、今日では差別的とされる字句もそのままとした。

俳句《はいく》はかく解《かい》しかく味《あじ》わう

高浜虚子《たかはまきよし》

平成23年　8月25日　初版発行
令和7年　6月25日　17版発行

発行者●山下直久

発行●株式会社KADOKAWA
〒102-8177　東京都千代田区富士見2-13-3
電話　0570-002-301（ナビダイヤル）

角川文庫 16989

印刷所●株式会社KADOKAWA
製本所●株式会社KADOKAWA

表紙画●和田三造

Printed in Japan
ISBN978-4-04-409440-9　C0195

角川文庫発刊に際して

角川源義

　第二次世界大戦の敗北は、軍事力の敗北であった以上に、私たちの若い文化力の敗退であった。私たちの文化が戦争に対して如何に無力であり、単なるあだ花に過ぎなかったかを、私たちは身を以て体験し痛感した。西洋近代文化の摂取にとって、明治以後八十年の歳月は決して短かすぎたとは言えない。にもかかわらず、近代文化の伝統を確立し、自由な批判と柔軟な良識に富む文化層として自らを形成することに私たちは失敗して来た。そしてこれは、各層への文化の普及滲透を任務とする出版人の責任でもあった。

　一九四五年以来、私たちは再び振出しに戻り、第一歩から踏み出すことを余儀なくされた。これは大きな不幸ではあるが、反面、これまでの混沌・未熟・歪曲の中にあった我が国の文化に秩序と確たる基礎を齎らすためには絶好の機会でもある。角川書店は、このような祖国の文化的危機にあたり、微力をも顧みず再建の礎石たるべき抱負と決意とをもって出発したが、ここに創立以来の念願を果すべく角川文庫を発刊する。これまで刊行されたあらゆる全集叢書文庫類の長所と短所とを検討し、古今東西の不朽の典籍を、良心的編集のもとに、廉価に、そして書架にふさわしい美本として、多くのひとびとに提供しようとする。しかし私たちは徒らに百科全書的な知識のジレッタントを作ることを目的とせず、あくまで祖国の文化に秩序と再建への道を示し、この文庫を角川書店の栄ある事業として、今後永久に継続発展せしめ、学芸と教養との殿堂として大成せんことを期したい。多くの読書子の愛情ある忠言と支持とによって、この希望と抱負とを完遂せしめられんことを願う。

一九四九年五月三日

角川ソフィア文庫ベストセラー

俳句の作りよう
高浜虚子

まず十七字を並べること。じっと眺め、案じ入ること。至言名言がこれから俳句を始める人の胸に沁みる。実作入門の最高傑作。解説・山下一海

俳句とはどんなものか
高浜虚子

俳句とはどんなものか――この素朴で根源的な問いに虚子が、詳しく具体的に答える。百刷を超えたベストセラーの初の文庫化。解説＝深見けん二

仰臥漫録
正岡子規

命の果てを意識した子規は、今日食べたもの、家のこと、俳句、短歌などを和紙へ密かに綴り始めた。全彩色画をカラー収録。解説＝嵐山光三郎

俳句とは何か
山本健吉

「挨拶と滑稽」「女流俳句について」など、著者の代表的な俳論と俳句随想、ゆかりの俳人の作品鑑賞を収録。本格的俳句入門書。解説＝平井照敏

俳句鑑賞歳時記
山本健吉

俳句の方法と文学性を追求し続けた著者の古今の名句鑑賞をコンパクトに編集。名句の読み所を示す鑑賞は実作の手がかりになる。解説＝平井照敏

俳句への旅
森澄雄

近代俳句の流れを解説し、半生の回想や自他の秀句により俳句とは何かを考察した、俳句を愛するすべての人の必読ロングセラー。解説＝村上護

万葉集
ビギナーズ・クラシックス　日本の古典

角川書店編

歌に生き恋に死んだ万葉の人々の、大地から沸き上がり満ちあふれるエネルギーともいえる歌の数数。二十巻、四千五百余首から約百四十首を厳選。

角川ソフィア文庫ベストセラー

ビギナーズ・クラシックス 日本の古典
伊勢物語
坂口由美子編

王朝の理想の男性（昔男＝在原業平）の一生を、雅な和歌で彩り綴る短編連作歌物語の傑作。元服から人生の終焉に至るまでを恋物語を交えて描く。

ビギナーズ・クラシックス 日本の古典
古今和歌集
中島輝賢編

四季の移ろいに心をふるわせ、恋におののく平安の人々の想いを歌い上げた和歌の傑作。二十巻、千百余首から百人一首歌を含む約七十首を厳選。

ビギナーズ・クラシックス 日本の古典
新古今和歌集
小林大輔編

後鳥羽院が一大歌人集団を率い、心血を注いで選んだ二十巻約二千首から更に八十首を厳選。一首ずつ丁寧な解説で中世の美意識を現代に伝える。

ビギナーズ・クラシックス 日本の古典
百人一首（全）
谷 知子編

誰でも一つや二つの歌はおぼえている「百人一首」。日本文化のスターたちが一人一首で繰り広げる名歌の競演がこの一冊ですべてわかる！

ビギナーズ・クラシックス 日本の古典
おくのほそ道（全）
松尾芭蕉
角川書店編

旅に生きた俳聖芭蕉の五ヵ月にわたる奥州の旅日記。風雅の誠を求め、真の俳諧の道を実践し続けた魂の記録であり、俳句愛好者の聖典でもある。

ビギナーズ・クラシックス 日本の古典
良寛 旅と人生
松本市壽編

生きる喜びと悲しみを大らかに歌い上げた江戸末期の禅僧良寛。そのユニークな生涯をたどり和歌・漢詩を中心に特に親しまれてきた作品を紹介。

新版
万葉集 (一)～(四)
現代語訳付き
伊藤 博訳注

日本最古の歌集。全二十巻に天皇から庶民まで多種多様な歌を収める。新版に際し歌群ごとに現代語訳を付し、より深い鑑賞が可能に。全四巻。